D1290847

LA BALLADE D'ALI BABA

DE LA MÊME AUTEURE

FICTION

Les derniers jours de Smokey Nelson, Héliotrope, 2011.

Deuils cannibales et mélancoliques, Héliotrope, 2009. (Trois, 2000, pour l'édition originale)

Le ciel de Bay City, Héliotrope, 2008 ; série « P », 2011.

Omaha Beach, Héliotrope, 2008.

Fleurs de crachat, Leméac, 2005.

Ventriloquies (avec Martine Delvaux), Leméac, 2003.

Ça va aller, Leméac, 2002.

ESSAI

Diamanda Galás, Héliotrope, série « K », 2014.

Ce que dit l'écorce (avec Nicolas Lévesque), Nota Bene, 2013.

L'éternité en accéléré, Héliotrope, 2010.

« Duras aruspice » dans Duras, Marguerite, *Sublime, forcément sublime Christine V.*, Héliotrope, 2006.

Condamner à mort. Les meurtres et la loi à l'écran, PUM, 2003.

La mauvaise langue, Champ Vallon, 1996.

Catherine Mavrikakis

LA BALLADE D'ALI BABA

roman

HÉLIOTROPE

Héliotrope
4067, boulevard Saint-Laurent
Atelier 400
Montréal (Québec)
H2W 1Y7
www.editionsheliotrope.com

Maquette de couverture et photo : Antoine Fortin
Merci à Philippe Racicot (image du tableau de bord
de la Buick Wildcat 1975)
Maquette intérieure et mise en page : Yolande Martel

*Catalogage avant publication de Bibliothèque et Archives nationales
du Québec et Bibliothèque et Archives Canada*

Mavrikakis, Catherine, 1961-

    La ballade d'Ali Baba

    ISBN 978-2-923975-43-6

    I. Titre.

PS8576.A857B34 2014   C843'.6   C2014-940405-0
PS9576.A857B34 2014

Dépôt légal : 2ᵉ trimestre 2014
Bibliothèque et Archives nationales du Québec

© Héliotrope, 2014

Les Éditions Héliotrope remercient de leur soutien financier le Conseil des
Arts du Canada, le Fonds du livre du Canada et la Société de développement
des entreprises culturelles du Québec (SODEC).
Les Éditions Héliotrope bénéficient du Programme de crédit d'impôt pour
l'édition de livres du gouvernement du Québec, géré par la SODEC.

IMPRIMÉ AU CANADA EN JUIN 2014

Aux quarante voleurs

KEY WEST
31 décembre 1968

Dans la lumière incandescente de l'aurore, les rayons impétueux du soleil à peine naissant tachaient la nuit d'une clarté carmin. Nous roulions à tombeau ouvert à travers tout Key Largo. Les néons des enseignes des motels vétustes bâtis à la hâte dans les années vingt et trente et les panneaux multicolores des bars de danseuses nues datant de 1950 faisaient des clins d'œil au ciel tumescent du jour à venir. Les phares des voitures roulant en sens inverse nous éblouissaient par intermittence. Ils nous lançaient des signaux de reconnaissance lubriques.

Nous entamions les Keys.

Nous dévorions les Cayos crus dans le tout petit matin. L'archipel s'offrait languissant à nous sous les lueurs rouges de l'aube. Ces îlots minuscules, posés dans l'Atlantique, tout au bout des États-Unis, vestiges d'une mer peu profonde qui couvrait la région quinze millions d'années plus tôt, balayaient le temps et l'histoire sous nos roues. Ils nous déployaient, magnanimes, une longue route sinueuse, étroite, celle des commencements et des fins. La mythique U.S. Route 1… Elle s'arrêterait net, là-bas au loin, en se cognant violemment contre l'océan qui ouvrirait grand la gueule pour l'avaler tout rond.

Au bout du chemin, à Key West, il y aurait la modeste chambre d'un motel tout confort donnant sur la mer, des matelas défoncés qui grinceraient au moindre mouvement, de la plongée sous-marine de fortune avec des masques, des harpons et des palmes gigantales, et puis des jeux et des cris à travers les récifs orangés. Au bout du chemin, il y aurait des châteaux de sable géants, des tortues de mer matriarches, des algues enchevêtrées, des méduses mauves antédiluviennes et des hamacs troués, renversés, dont les attaches s'entortilleraient langoureusement contre un palmier. Au bout du chemin, sur les ronds minuscules de la kitchenette de la chambre, il y aurait des casseroles d'eau bouillante beaucoup trop petites pour faire entrer les homards grouillant de la vie informe de l'océan. Il y aurait des pélicans à la gorge lourde, pendante, énorme, semblable à un gros goitre, des mauves ricaneuses et des flamants fous, ivres d'un azur aboli, qui viendraient nous taquiner le matin, en cognant leur bec contre la moustiquaire déchirée de la porte de la chambre. Au bout du chemin, il y aurait de la joie à revendre, trois matins pétillant comme un petit vin mousseux pas cher, une soirée entière dans des lagons bleus et sucrés comme une liqueur de curaçao, et puis deux nuits à se gratter les plaies laissées par les morsures de maringouins aux pattes infinies, graciles.

La voiture tanguait, désorientée. Par moments, elle se transformait en navire et fendait, victorieuse, les vagues qui, quelques instants plus tôt, semblaient la menacer d'engloutissement. Après avoir volontairement plongé dans la mer, la Buick, char d'assaut devenu bathyscaphe, nous faisait visiter les fonds sous-marins, en dansant à travers les bancs de poissons fluorescents. Elle suivait un poulpe aux ventouses collantes et s'alignait sur la démarche d'une étoile de mer qui nous indiquait le sud. Puis, métamorphosée en animal amphibie, en alligator menaçant, elle émergeait lentement du milieu aquatique. Elle traversait des marais infinis, puis reprenait sa course erratique sur la U.S. Route 1, celle qui menait à l'extrémité du pays, aux confins de ce continent dont nous ne connaissions, nous, que la cruauté et la morsure hivernales.

Mon père venait de me réveiller. J'étais installée à ses côtés, les yeux voraces devant le paysage insensé, violent, qui s'étalait devant moi. À Orlando, je m'étais endormie sur la banquette avant. Alors que la Buick Wildcat turquoise consommait les milles nous séparant de notre destination et que la musique rock à la radio me protégeait du monde, par son ronronnement ininterrompu, je dormais, bienheureuse.

Je m'étais assoupie vers deux heures du matin, ne pouvant plus garder les yeux ouverts, et je n'avais donc rien vu de notre traversée des autoroutes de Miami. L'océan m'était encore inconnu. Je ne l'avais jamais embrassé du regard. Depuis ma naissance, il était une chimère magnifique, intensément impossible. Ici, inopinément, il s'offrait à moi dans le matin coloré.

Mon père nous avait conduites, nous ses trois filles, à travers la Géorgie et la Floride sans répit. Après dix heures de route et sept cents milles de voiture, la courte nuit passée à Florence, en Caroline du Sud, dans un Holiday Inn à la piscine extérieure et au petit déjeuner compris ne nous avait guère reposés. Mes sœurs et moi avions effectué un plongeon bienfaisant le matin très tôt dans la piscine glacée de cette fin de décembre, juste avant de reprendre la route. Nous avions ri longtemps en claquant des dents. Nous grelottions de froid et nos lèvres étaient devenues toutes bleues, puis violettes, mais nous étions radieuses, prêtes à dévorer ces temps de joie. Nous ne devions pas nous arrêter avant Key West. Au programme : trois pleins d'essence pour la Buick, trois pipis dans des *rest areas* sur le bord du chemin, un hot-dog avec frites et six heures plus tard un pogo avec une crème glacée molle aux deux couleurs et au goût de chocolat et de vanille.

Mon père effectuait le trajet Montréal-Key West en à peine deux jours. Ses filles devaient suivre son rythme effréné. Le motel était réservé pour le 31 décembre. La nouvelle année nous appartiendrait. Nous passerions le réveillon dans les Keys, et au bout de trois jours, nous devions reprendre la route pour retrouver Montréal. Pendant le voyage, nous aurions vécu quatre jours de voiture, trois mille trente-deux milles et soixante-douze heures merveilleuses au bord de la mer.

Mon père tenait enfin sa promesse. Il amenait ses gamines en voiture dans le Sud découvrir l'océan durant les vacances d'hiver. Et rien ne pouvait le faire changer d'avis. Ni les injures aigres de son ex-femme qui n'avait pas manqué de lui reprocher de vouloir exténuer les petites, ni la fatigue hébétée et réelle de ses enfants, ni encore son propre épuisement ne l'arrêtaient... Il avait fait le trajet de New York à Montréal pour venir nous chercher et il retournerait dans la grande cité américaine où il vivait depuis quelques mois déjà, dès qu'il nous aurait déposées, sans même prendre le temps de descendre de voiture, devant l'entrée de garage du bungalow de ma mère à Repentigny.

Mon père ouvrit la fenêtre. Je respirai l'océan matutinal à pleins poumons. Derrière moi, une des jumelles collée contre le corps ensommeillé de sa sœur quittait doucement les bras de Morphée et retrouvait sa vigueur enfantine.

Tels des Moïse de béton et d'acier, les ponts lancés à travers les eaux séparaient la mer en deux morceaux bien distincts. À notre gauche, le soleil levant caressait l'océan pour le séduire et les dauphins sautaient dans les vagues en célébrant le renouveau des temps. À notre droite, faisant signe de loin au golfe du Mexique, l'océan encore plongé dans la nuit ressemblait à un vaste marécage d'eau croupissante, malsaine et peuplée de raies venimeuses, de barracudas carnivores et de monstres cannibales tapis au fond des entrailles de la Terre et prêts à surgir de leur obscurité. L'air me fouettait les sens. Les odeurs vivifiantes de la mer portées par les vents nocturnes se mêlaient aux exhalaisons lourdes des marais putréfiés.

Nous roulions grisés par la fatigue. La mer m'apparaissait pour la première fois dans sa nature primitive, sauvage, ignoble et merveilleuse. Je souriais à la ronde. En extase, je battais des mains à la vue d'un héron bleu qui se mit à suivre mélancoliquement la voiture. Mon père, une main sur le volant, l'autre sur le chambranle de la vitre baissée, nous disait à nous, ses filles : « C'est l'océan. Vous voyez, c'est comme je vous l'avais dit… », et je souriais d'aise alors que mes sœurs pépiaient comme des mouettes dans le fond de la voiture.

À Islamorada, mon père arrêta tout à coup l'automobile dans une station-service. Il pensait de temps à autre aux besoins de nos petits corps humains et à ceux de la ferraille. Une maison attenante à la pompe à essence invitait les voyageurs à aller visiter les toilettes et à s'attarder dans la salle de bains. Nous, les trois filles, nous nous engouffrâmes rapidement dans la maison. Adriana et Alexia se disputaient, comme à leur habitude, pour savoir laquelle ferait pipi en premier. Le voyage avait créé ses rituels. Alex venait de l'emporter quand j'eus la frayeur de ma courte vie. À l'intérieur de la baignoire de la salle de bains, des centaines de bébés alligators grouillaient frénétiquement dans l'eau sale, fétide. Les bêtes n'avaient aucun espace dans ce marais improvisé. Elles s'entredévoraient. Je retins un cri pour ne pas terrifier mes sœurs. Sans rien laisser paraître, je leur ordonnai de faire vite et de retourner rapidement auprès de notre père. Je restai un instant seule avec les créatures hideuses, fascinée par la cruauté brute qui s'exerçait dans la baignoire pleine de ces petits animaux dignes des temps préhistoriques. Un minuscule alligator était bouffé par un plus grand. Il se débattait désespérément, croyant pouvoir échapper à son sort. Les autres bestioles se terraient dans un coin, laissant le champ libre au carnage. Très vite, la plus petite créature se fit dépecer par la plus forte. Une traînée rouge rendit l'eau pourrie du bain éclatante. Mais aussitôt, le bassin aux nains reptiles retrouva son calme et toute la faune de la baignoire se redéploya à travers l'étendue qui lui était assignée. Je fus incapable d'uriner, terrifiée… Un alligator me boufferait-il les entrailles en émergeant de la cuvette des toilettes?

Je rejoignis mes sœurs et mon père dans ce qui devait avoir servi autrefois de salon à cette maison. Un jour, quelqu'un avait pensé faire de cette baraque une station-service. On retrouvait sur de nombreuses étagères des milliers d'objets hétéroclites à vendre, poussiéreux et posés là pêle-mêle. Mon père payait l'essence. Mes sœurs s'amusaient à toucher les poupées de plastique presque monstrueuses, les tasses en porcelaine dépareillées, les coquillages porte-clés, les serviettes de table arborant le drapeau sudiste, les sandales de plage en plastique rose ou jaune, les pièces pyrotechniques et les salières et poivrières en forme de flamants.

Mon père prit tout à coup, à côté de la caisse, un bébé alligator empaillé pour «une amie» (c'est à ce moment que je compris le sort que l'on réservait aux petits êtres cannibales de la baignoire). Il avait décidé d'offrir des souvenirs. Pour ses trois filles, il attrapa sans y penser longtemps trois boules à neige. Un dauphin rose s'y dressait dans un liquide qui verrait apparaître de légers flocons blancs très artificiels quand moi ou mes sœurs agiterions la sphère de plastique transparent. Nous eûmes droit chacune à un sac en papier dans lequel se trouvaient nos trésors enneigés, en tous points semblables. Mon père ainsi évitait la jalousie. Il traitait ses filles sans en privilégier une. Il faisait de même pour toutes ses femmes. Nous remontâmes dare-dare dans la Buick. Mon père fit crisser les pneus en quittant le terrain de la station-service.

Derrière nous, toute l'Amérique semblait nous faire ses adieux. Nous lui tournions le dos tandis que nous courions vers les mers du Sud. Mon père avait été pirate. Comme le père de Fifi Brindacier. Il nous l'avait raconté tant de fois. Nous en aurions bientôt la preuve dans la chambre de motel, à Key West. Mon père serait l'ami des pêcheurs. Avec eux, dans le petit matin, il débiterait le requin et démembrerait le crabe. Avec eux, en fin de journée, il irait prendre un café cubain dans la roulotte verte et rouge du Havana Queen Coffee donnant sur le port. Il ferait des clins d'œil insistants à la serveuse avant de lui mettre la main aux fesses. Elle l'enverrait promener en riant doucement… Avec eux ou avec d'autres copains ramassés aux quatre coins de la ville, il sortirait le soir, après nous avoir endormies, embrassées et bien bordées. Avec eux peut-être, il écumerait les bars de Duval Street. Seul, il reviendrait tard dans la nuit, encore un peu ivre, après avoir raccompagné une dame chez elle et s'être arrêté une dernière fois au Sloppy Joe's Bar où il aurait englouti un dernier petit verre de rhum. Il serait là juste à temps pour le petit déjeuner et nous amènerait manger au snack du coin. Il nous installerait sur de grands bancs de métal rutilant, au comptoir, d'où nous surplomberions la salle à manger comme des grandes. Adriana, Alexia et moi serions bientôt ensevelies sous une montagne de pancakes aux bleuets, noyées dans le sirop, que nous servirait le chef en nous souriant gentiment. Nous dévorerions nos plats avec voracité avant d'aller à la plage, en faisant un crochet par la maison de Hemingway et le jardin aux chats que nous n'aurions de cesse de réveiller ou d'attraper. Le monde appartiendrait à mon papa et à nous, ses trois filles.

Sur la U.S. Route 1 qui mène à Key West, alors que nous atteignions Deer Key et qu'un chevreau majestueux traversait la route en propriétaire incontesté, immémorial, de cette languette de terre, j'eus la prémonition de ces instants fervents, fiévreux, qui seraient les nôtres pendant trois jours. Le bonheur tout à coup m'apparut. Il était là devant moi. Je n'avais qu'à tendre la main pour le saisir. Après, je le sentais, je ne pourrais jamais être plus joyeuse. Les arbres chauves ou encore décapités par la violence coupante d'un soleil trop ardent semblaient rire avec moi de la vie qui, comme un éclair, pouvait être encore bonne, même après le divorce de mes parents. Sur leurs branches basses boursouflées et noueuses se posaient des nuées d'oiseaux pépiant d'allégresse dans ce matin tout neuf du commencement du monde où les animaux étaient redevenus les maîtres du temps.

Voici donc comment fut le lever du jour, le 31 décembre 1968.

J'avais à peine neuf ans. Mes sœurs en avaient six, le Nouvel An serait surprenant. La vie, grandiose… Mon père semblait tenir parole, jamais plus il ne nous laisserait, nous, ses petites chéries.

Dans le soleil pourpre du matin, je me cramponnais à mon petit sac de papier brun rempli d'un dauphin rose dans un dôme de neige, preuve tangible de l'éternité des choses et du bonheur terrestre. Et je regardais mon père avec la plus grande des fiertés.

LAS VEGAS
Février 1970

Les dés roulaient sur le tapis vert.

Le crépitement cacophonique des machines à sous couvrait le son des voix. De loin en loin, des « *Place your bets* » rauques, faussement joyeux, invitaient la horde sauvage des créatures présentes à s'imaginer une vie de luxe et de plaisir. La fumée des cigarettes et cigares auréolait les corps, rendant leurs contours imprécis, impalpables. Tout semblait irréel, fait pour le mensonge ponctuel d'existences sans lendemain.

Les dés tressautaient sauvagement dans l'enclos de la chance.

Grâce à la puissance des lumières artificielles allumées en permanence, l'immense pièce sans fenêtres qui constituait le casino semblait macérer les effluves d'une débauche sans grandeur. Cette enceinte à l'air étouffant avait quelque chose de la caverne d'Ali Baba. La décoration voulait reproduire les charmes d'un Moyen-Orient imaginaire, tarabiscoté, tout en donnant l'impression d'un confort neuf, nord-américain.

J'avais dix ans et je venais en quelque sorte d'atterrir dans le monde fabuleux de *Jinny,* mon émission de télévision favorite. Mille et une nuits de pacotille s'accouplaient au mode de vie moderne. Les sultans, les turbans et les sabres côtoyaient les astronautes de la NASA, leurs capsules spatiales et leurs psychiatres. Dès mon arrivée à Las Vegas, la veille, l'immense panneau de lumières portant le nom de l'hôtel, deux dromadaires et un similiminaret m'avait éblouie. Je me voyais en princesse arabe, emballée dans des kilomètres de voiles roses.

Une serveuse aux seins stimulés par un justaucorps or découvrait de courtes jambes grasses que galvanisait un collant de couleur métallique. Elle cherchait du regard les clients assoiffés ou tout simplement déprimés. Elle portait l'uniforme si magnifique à mes yeux du Sahara Casino and Resort, celui-là même qui faisait loucher les joueurs en les transformant en avides consommateurs et qui me faisait rêver, moi, de devenir à mon tour barmaid ou effeuilleuse.

L'odeur d'alcool renversé me grisait... Sur les tapis bigarrés, croupissant dans les verres, elle se mêlait à l'arôme du tabac et aux parfums agressants des jeunes dames peinturlurées qui accompagnaient des messieurs bedonnants, égrillards... Tout à coup, la serveuse s'approcha d'un homme âgé au visage adipeux, qui lui demanda de remplir à nouveau son verre d'un whisky bon marché. Il ne prit pas le temps de quitter des yeux la table où se démenait la petite bille dans le cylindre affolé de la roulette. La serveuse, semblable au prestidigitateur new-yorkais dont j'avais vu le spectacle dans la journée, ramassa promptement les verres vides sur le plateau qu'elle traînait partout avec elle, sous son bras. En se retournant, elle se pencha vers moi et me demanda avec bienveillance si tout allait bien. J'esquissai un oui de la tête, contente de sentir que quelqu'un me remarquait enfin. L'homme au visage gras, spongieux, quitta la table où il venait lamentablement de perdre une centaine de dollars. Il avait un air épuisé. D'un pas lourd, il se dirigea vers le bar pour aller boire son whisky au comptoir et bavarder avec une fille désœuvrée, perchée sur des talons assortis à son rouge à lèvres, qui discutait déjà avec le barman aux traits tirés.

Une heure plus tôt, je m'étais installée debout contre le pilier d'une colonne, à l'extérieur de l'aire du casino de l'hôtel, mais la frontière entre les lieux restait très peu claire. Elle n'arrêtait ni le bruit, ni les exhalaisons, ni les lumières, de telle sorte que j'avais l'impression étrange de me trouver au milieu des jeux, des paris, des joies et des désespoirs. Seule l'enseigne du Sahara Hotel and Casino qui vibrait presque au-dessus de moi semblait me vouloir du bien en projetant sur mon petit corps une série de couleurs psychédéliques. D'où j'étais, je pouvais voir une grande partie de la salle et ainsi occuper mon temps à observer les allées et venues de la faune éphémère du lieu.

À la table où jouait mon père, les dés continuaient à rouler. Cloc, cloc, cloc, faisaient-ils sur les parois de verre… Mon père venait de les lancer de façon flamboyante en annonçant à la ronde, péremptoirement, que sa fille, là-bas près de la colonne, lui portait chance. Les manches de sa chemise blanche dépassaient de son costume noir et laissaient voir les boutons de manchette constitués de deux adorables dés en or qu'il avait achetés le matin même à la bijouterie d'un autre hôtel après les avoir marchandés bien longtemps.

Mon père était un mordu du craps. Il aimait lancer les dés dans un geste qu'il répétait souvent devant la glace à temps perdu ou en doublant une voiture sur l'autoroute, pour souligner sa victoire sur un « chauffeur du dimanche ».

Appuyée contre ma colonne, je regardais mon père projeter magistralement les dés entre les parois verticales de l'aire du jeu. Depuis un moment, ses mouvements étaient saccadés, désordonnés : il était en train de perdre. Il avait allumé Dunhill sur Pall Mall (il portait toujours sur lui deux paquets de cigarettes pour ne pas « s'encrasser dans la routine ») et cherchait du coin de l'œil Cindy, sa serveuse préférée, qu'il connaissait apparemment bien, pour qu'elle lui remplisse son verre de cognac. Si mon père donnait le change à tous et particulièrement à mes jeunes sœurs, depuis un an il n'avait plus de mystère pour moi. J'avais dans les derniers temps, depuis l'après-divorce et son installation définitive à New York, appris à interpréter ses actes ou ses paroles. Je décortiquais aisément le mécanisme de ses fanfaronnades et rodomontades dès qu'il avait tort, qu'il mentait ou encore qu'il voulait épater la galerie.

Il cria mon nom à travers la salle en m'enjoignant par une mobilisation savante, compliquée et bien sûr manifeste de ses bras et de sa tête, de m'approcher de lui alors qu'il m'avait bien recommandé plus tôt de me tenir loin des tables du casino, des hommes ivres et des bouteilles d'alcool. Il était en fait interdit aux mineurs de flâner près des lieux de paris, afin que la débauche ne gagne pas la jeunesse. Je fis d'abord semblant de ne pas avoir entendu et restai tranquillement appuyée contre ma colonne sans répondre à mon père. Il insista, vint me chercher pour m'extirper des couleurs violettes et jaunes qui étaient devenues mon habitat sous l'enseigne du casino. Il m'ordonna de me tenir à ses côtés lorsqu'il ferait retentir les dés contre les parois de verre. J'étais là pour porter bonheur à mon père.

C'était la raison qu'il avait trouvée pour m'amener avec lui à Las Vegas et qu'il avait donnée à ma mère pour la convaincre de me laisser partir sans mes sœurs de toute façon trop petites pour bien se tenir dans de tels lieux. Pourquoi me voulait-il avec lui durant ce voyage? Je ne le sus jamais. Mon père fit quelques clins d'œil à la ronde. Il salua les dames présentes autour de la table de jeu qui ne manquèrent pas de trouver attendrissant un papa si affectueux. Elles pensaient vraisemblablement à leur mari qui ne se préoccupait jamais de leur progéniture et qui voyageait sans remords et sans marmaille. Mon père ne croyait pourtant pas à l'importance de ma présence. Il ne pensait d'ailleurs pas à moi très souvent et il lui était arrivé d'oublier les anniversaires de ses trois filles. Mais ses gestes étaient toujours calculés et dramatiques. Souvent, on le comparait à l'acteur Omar Sharif (celui de *Docteur Jivago*), dont il disait «pour ne décevoir personne» être un cousin. Jouer à Las Vegas la comédie du père divorcé très proche de sa fille lui donnait du panache et le gonflait d'orgueil. Je faisais partie de son narcissisme au même titre que ses boutons de manchette et son petit gilet sous son costume. Avec moi comme gri-gri, il était le centre d'intérêt des femmes qui ne le quittaient plus des yeux. Comment se méfier d'un père aussi présent? Ragaillardi par son succès auprès de la gent féminine, mon père ne me lâchait pas la main. Il ne pouvait que gagner. Il allait jouer avec son bras libre.

Les dames décolletées autour de l'aire du craps retenaient leur souffle et me faisaient des sourires mielleux, presque envieux. Les quatre croupiers étaient sur le qui-vive… Tout le monde avait les yeux rivés sur mon père. Vint alors vers nous de façon abrupte un gardien de sécurité qui me somma de quitter les lieux. Je ne pouvais être près des tables. Nous avions déjà été avertis plusieurs fois dans la journée. Mon père, voyant le malabar m'intimer de partir, lâcha les dés, se mit à invectiver le type et à vouloir se battre. Il prit à témoin ses voisines de jeu courroucées, en effet, devant l'injustice de la scène. Les gens commençaient à se lancer des injures. Certains joueurs virils et prêts à tout pour continuer de perdre leur chemise s'en prirent à mon père et lui demandèrent de déguerpir. Le grabuge n'était pas loin. D'autres armoires à glace se précipitèrent sur nous en nous poussant gentiment, mais fermement dehors, loin des lumières crues et du vacarme régulier, presque rassurant, des machines à sous.

Honteuse de la pantomime de mon père et de ses chorégraphies avec les gardiens, je regardai, en me dirigeant vers la sortie, les arabesques noires dessinées sur le tapis rouge et or. Je me retrouvai soudain devant la réception de l'hôtel avec mon père qui était, du moins on pouvait le croire, on ne peut plus furax. Il hurlait, à la volée et en anglais afin que tout le monde le comprenne bien, sa version des faits : le gérant du casino était un voleur qui l'avait foutu dehors au moment où il remportait la caisse. Le gérant de l'hôtel, avec qui mon père avait vite fait copain copain dès son arrivée, s'approcha de nous et proposa à son bon client de le dédommager en ne lui faisant pas payer sa chambre durant notre séjour. Mon père prit d'abord l'air offusqué de celui qu'on n'achète pas, puis choisit d'accepter humblement l'offre. Il avait décidé d'aller tenter sa chance ailleurs, dans un autre casino, à quelques milles de là.

Le gérant de l'hôtel lui fit un sourire complice. Une jeune femme derrière un comptoir devait me trouver une baby-sitter pour la soirée et la nuit. Mon père tenait à perdre la petite fortune qu'il avait gagnée la veille à notre descente de l'avion. Quelques minutes plus tôt, il m'avait désignée comme son porte-bonheur. Voilà qu'il retournait sans moi vers son jeu de craps et qu'il me livrait au personnel de l'hôtel. Je devais attendre dans le hall ma baby-sitter qui ne tarderait pas à arriver. Mon père prit congé de sa «grande fille» en lui faisant promettre d'attendre sagement sur le grand sofa violet de la réception la jeune femme qui s'occuperait d'elle jusqu'au lendemain soir. Il avait des affaires à régler à Vegas et il était mieux pour moi que je puisse m'amuser avec quelqu'un à la piscine toute la journée du lendemain.

J'attendis très longtemps sur le grand sofa violet de la réception. Autour de moi, les gens allaient et venaient. C'était un tourbillon de départs, d'arrivées, un va-et-vient impressionnant qui finit par m'hypnotiser et m'ennuyer. Je ne sais combien de temps je restai là. Je m'assoupis sur le grand sofa. Un bourdonnement de ruche me réveilla tout à coup. J'entendais les gens murmurer tout en s'affairant autour de mon canapé. Je compris vite qu'une star venait d'arriver. Mon père m'avait dit que les Beatles avaient séjourné à l'hôtel en 1964, alors qu'ils faisaient un concert au Las Vegas Convention Center. Les yeux à peine ouverts, entourée de corps adultes qui me bloquaient de toute façon la vue, j'imaginais John, Paul, Ringo et George là, juste devant moi en train de parler aux réceptionnistes et il me semblait entendre la rumeur et les cris des admirateurs hystériques qu'on repoussait loin des portes d'entrée. Mais ce n'étaient pas les Beatles qui venaient de pénétrer dans l'hôtel. Dès que je pus grimper sur le canapé, je reconnus Jerry Lewis débarquant au Sahara, d'où il devrait deux ans plus tard animer son téléthon en direct. J'aimais cet acteur dans tous les films où il faisait un duo avec son copain Dean Martin. Il me faisait rire aux larmes dans *Living it up*.

Las Vegas finissait par me plaire. Tout pouvait y arriver. Ma rencontre avec l'homme le plus drôle du monde venait d'avoir lieu. Tant de fois, Jerry Lewis m'avait fait oublier mes peines. J'avais passé avec lui tous les mercredis soir de l'été qui avait précédé le divorce de mes parents, alors que la télé avait mis à son programme les *Mercredis Jerry 2 pour 1*. Et comme j'avais le droit de regarder avec mes sœurs le petit écran tant que je voulais, je m'en étais donné à cœur joie ces soirées-là.

Jerry Lewis était magnifique, beaucoup plus grand que je l'imaginais. Il se dirigeait vers l'ascenseur qui l'engouffra en laissant ses admirateurs pantois.

Quelques instants plus tard, ma baby-sitter Rosemary arriva. Elle m'avait apporté du chewing-gum et des M&M's. Je lui racontai immédiatement qui je venais de croiser. Elle rit de joie avec moi. Elle était blonde, grande, jolie et portait des jeans évasés. Je me rappelle avoir dormi avec elle, après avoir essayé en vain de trouver une chaîne de télévision sur laquelle je cherchais à revoir *The Caddy* ou encore *Money from Home*, le premier film en couleurs du duo Dean Martin et Jerry Lewis. Le lendemain matin, nous nous fîmes servir un petit déjeuner dans la chambre, comme mon père me l'avait suggéré, et nous passâmes, Rosemary et moi, la journée au soleil, dans la piscine infinie du Sahara, où je cherchais des yeux à apercevoir Jerry Lewis en maillot de bain.

Je ne sais quand mon père rentra. Cela n'avait de toute façon plus aucune importance…

MONTRÉAL, SOUS LA NEIGE
Février 2013

La tempête faisait rage. Les vents dévalaient sauvagement les rues et les trottoirs. Leur râle sibilant assourdissait l'air qui, lourd de flocons, se tordait en hurlant. Entre le ciel bas et la terre inhospitalière s'esquissaient des formes insensées. Un voile épais de neige se contorsionnait brusquement et faisait des gestes violents. Les nuages secoués de spasmes vomissaient d'un trait long leur haine froide.

Il ne faisait pas encore tout à fait nuit. L'obscurité tombait sur la ville. Elle la ravirait bientôt à elle-même. Elle laisserait à la poudrerie tout le loisir de déformer la cité et de lui donner pour des jours un air de cadavre mal embaumé, de morte fardée d'un blanc vite sale.

Entre chien et loup, sous le coup des rafales incessantes, les êtres cherchaient à retrouver au plus vite le confort d'un chez-soi. Les silhouettes sombres, semblables à des spectres épouvantés, se précipitaient maladroitement vers une entrée de maison, un antre chaud et invitant, les âmes grelottantes espéraient se réchauffer en courant dans la tourmente. Les sans-abri se terraient dans les sous-sols des métros de la ville. Ils tentaient de dégoter quelques sous pour se payer un lit où passer la nuit. L'hiver, cette année-là, était terrible. Les tempêtes de neige se suivaient à la queue leu leu. Elles ralentissaient la ville et la travestissaient pour des mois en vieille paralytique.

Entre chien et loup, je me hâtais d'aller à la bibliothèque de l'Université McGill. Le temps circonspect qui hésite entre la lumière et les ténèbres attise l'angoisse chez de nombreuses créatures humaines et animales. L'heure du chien et du loup, comme un dimanche qui s'étire, ne se donne que dans sa langueur. Pour lutter contre l'anxiété qui s'installe au moment où l'obscurité ne parvient pas à s'imposer assez vite, les esprits mélancoliques s'activent dans l'espoir idiot de précipiter les heures.

J'étais donc sur le chemin de la bibliothèque.

Devant moi, dans l'épaisseur de cette journée interminable se dessinaient les contours inquiétants d'un vieil homme. Il était vêtu d'un pardessus gris, beaucoup trop grand et surtout beaucoup trop léger pour lui permettre d'affronter la cruauté de telles intempéries. En cette fin d'après-midi glaciale de février, les vents méchants le faisaient voltiger sur le trottoir et le forçaient à exécuter une étrange danse macabre. Il prenait des poses erratiques, improbables, pour ne pas s'envoler sous la force des bourrasques de neige. Avec ses petites bottes fines à la semelle en cuir, il patinait follement, tâchant de ne pas tomber sur le trottoir où la glace bleue formait des protubérances funestes. L'aspect fragile de ce corps enfoui dans l'épaisseur de l'air enneigé, cotonneux, m'était familier.

Depuis la disparition de mon père, neuf mois plus tôt, il m'avait semblé retrouver sa présence dans maintes formes humaines opiniâtres et usées qui se promenaient avec peine, comme au ralenti, sur l'asphalte de la cité, si peu accueillante pour les vieillards. Par intermittence, j'avais eu l'impression d'attraper dans des regards rapides des éclats fragmentés de mon père, des parties de son corps. Tantôt il s'agissait de capter son profil dans le visage d'un homme aux cheveux gris, tantôt il me semblait que les mains paternelles tenaient la canne que je venais de dépasser en courant.

Les vieillards se ressemblent dans l'extrême faiblesse qui est la leur et qui dépasse la singularité de leurs traits et de leur morphologie. J'avais été rassurée dans les derniers mois de retrouver un peu de mon père dans les passants très âgés qui croisaient mon chemin. Ce soir-là, ce réconfort m'était encore donné : celui de sentir l'aura paternelle errant de façon insolite dans le monde des vivants.

Tout à coup, rue Milton, une déneigeuse à chenilles s'engagea sur le trottoir. Aveugle, malgré ses gros phares braqués, elle fonçait sur le vieillard au pardessus léger qui marchait laborieusement dans le blizzard. La déneigeuse à chenilles risquait de ne faire qu'une bouchée du petit vieux et de son manteau gris.

Le vieillard n'apercevait pas l'engin qui s'apprêtait à le dévorer. Son pardessus gris posé sur son corps frêle n'était pas bien boutonné. Les vents s'y faufilaient en le faisant gonfler. Des monceaux de tissu semblaient flotter autour d'un corps désespérément privé de muscle, sec, friable et ballotté par la bise. Les flocons informes et abondants bourdonnaient autour de l'homme âgé. Semblables à de monstrueux parasites blancs, ils s'attaquaient à son visage pour le mordre.

Le petit vieux, qui faisait tanguer dans la tempête le volumineux paquet qu'il portait au bout de ses bras, allait être avalé par la grosse chenille attachée à dégager le trottoir, à engloutir en elle la neige pour la vomir dans les jardins ou les rues et à détruire tout sur son passage myope.

La rencontre semblait imminente. Les cris stridents que je poussais étaient aussitôt étouffés par l'air froid et par les crissements de l'engin sur le trottoir. Que faire? Sans trop y penser, je courus en direction du vieil homme. Juste avant que la machine ne l'écrase et ne le compresse sous ses membres prédateurs et ses mâchoires énormes, je me ruai sur le vieux, pour le pousser dans le tas de neige amassé sur le bord intérieur du trottoir. Le vieillard en tombant fit un bruit mat. La chenille infernale continuait son chemin. Elle ne s'était même pas aperçue de notre présence. Son bruit sinistre disparaissait peu à peu dans les vents fous.

«Ah! Je savais bien qu'un jour tu finirais par tomber sur moi. Tu vois, tu n'as pas oublié ton vieux père… Quelle joie, ma fille, de te voir! Allez!

Aide-moi à me relever et surtout embrasse-moi! Et dire que Sofia m'a encore répété ce matin que je devais arrêter de croire qu'un jour tu me retrouverais! Avec tous tes prix et ton succès, tu ne daignes même pas t'attarder aux gens que tu croises dans la rue... C'est que tu es devenue célèbre, Érina. Certainement pas en parlant de moi... J'ai beau lire tes livres dans tous les sens, tu ne parles jamais de ton vieux père. Et pourtant... Tu en aurais des choses à raconter si tu t'en donnais la peine, non? J'en ai inventé des histoires, tu ne crois pas? Je t'en racontais des magnifiques quand tu étais petite. Pour toi, je traficotais tous les contes arabes. Ce talent d'écrivain, tu penses qu'il a poussé tout seul ou qu'il vient de ta mère? Elle n'entend toujours rien aux livres, non? Passe-t-elle encore tout son temps devant la télévision à regarder ses émissions françaises de bonne femme émigrée? Bah, cela n'a pas d'importance... C'est fini tout cela! Que je suis content de te revoir, ma fille... tu m'as manqué, tu sais... J'ai beau parcourir les journaux et mettre la radio dès que tu interviens, ce n'est pas pareil.»

Le vieil homme parlait vite. Il ne semblait pas du tout perturbé par la tempête qui continuait à le violenter, ni par la chenille qui l'avait manqué de peu. Mais vraisemblablement, le choc le faisait divaguer. Au début, je ne faisais pas trop attention à la teneur de son discours. J'étais préoccupée et secouée par cet accident évité de justesse. Je devais m'assurer que le petit vieux n'avait rien de cassé. Il se relevait avec peine en débitant des paroles un peu folles.

Je l'aidai à se remettre sur pied. Il tenta de m'embrasser. Je le repoussai. Il me regarda alors fixement. Presque en colère. À travers l'épaisseur des flocons, je dévisageai cet homme dont l'accent méridional rappelait un monde profondément enfoui en moi. C'était la voix d'Ali Baba et des quarante voleurs, celle qui incarnait tous les personnages des contes des *Mille et Une Nuits* quand j'étais petite, celle qui imitait Luis Mariano, Georges Guétary, Fernandel et Jerry Lewis, celle qui savait si bien mentir ou me faire rire, enfant... Oui, j'avais devant moi, au milieu de cette tempête de février et de la nuit hivernale qui avait fini par se décider à tomber, mon père. Mon père mort neuf mois plus tôt. Et il m'invectivait avec aplomb.

« Tu ne m'embrasses pas. Tu as toujours été comme ça. Froide... mais tu vas venir à la maison. Je te kidnappe, là. On ne sauve pas ainsi la vie de son vieux père sans passer faire un tour chez lui.

Du café grec, du halva et des baklavas te feront le plus grand bien par ce froid. Sofia va être ravie de te voir et elle fait très bien à manger. Elle va nous préparer un tajine à l'agneau. Rien à voir avec la cuisine maigre de ta mère. Tu ne la connais pas, mais c'est une compagne formidable... Un peu jalouse, peut-être... Mais tu sais comment les femmes sont. Tu n'as toujours personne dans ta vie depuis que cet imbécile de Paul t'a quittée ? Il faut songer à te caser. Tu es pourtant un bon parti, malgré ton âge... Ce n'est pas bon de vivre ainsi seule. Regarde ce que cela a fait à ta mère... Heureusement que je suis retourné avec elle dans les dernières années... Tu as eu beau dire et me faire la gueule, cela l'avait épanouie... Bon, bon, bon, je sais, je sais. Tu ne veux surtout pas que je dise du mal d'elle. Mais ce n'est pas de Régine qu'il s'agit. Mais de toi... Écoute, Sofia doit s'inquiéter. Je suis pas mal en retard. Et la tempête, cela angoisse les femelles et particulièrement les femelles nerveuses comme toi. Tu vas voir, Sofia, elle te ressemble par bien des côtés... Elle déteste les retards. Et depuis ton enfance, je me suis amendé. On se met en route vers chez moi. C'est à deux pas d'ici... Figure-toi que je suis passé avenue du Parc me faire couper les cheveux par les Grecs.

Comme tu sais, j'aime bien avoir les poils fraîchement coupés… Bon, tu dois te souvenir de Peter. Tu étais petite, mais à l'époque, tu l'as vu assez souvent à son café… On y allait le samedi midi, parfois. Tu as peut-être oublié. Tu savais qu'avant d'être restaurateur, il avait été garçon coiffeur? Mais oui, nous sommes réconciliés, bien sûr… Après toutes ces années… L'amitié, la vraie, survit à tout… Je t'ai répété ce proverbe mille fois quand tu étais jeune… C'est une vraie leçon de vie! C'est le mektoub! Ne joue pas l'étonnée… Tu as les yeux exorbités… Peter est un gars très bien. De toute façon, peu importe, c'est un ami… Toujours est-il que je suis allé au resto. Il a tout de suite mis les ciseaux dans ma tignasse hirsute. Il n'a pas perdu la main… J'ai bavardé avec les uns et les autres. Le temps a filé. Je n'ai même pas vu que la neige commençait à tomber. Sofia pense que je ne suis pas fidèle… Les femmes… Mais ne fais pas cette tête-là. Tu as l'air ahurie. Qu'est-ce qui t'arrive? La tempête te rend triste? On dirait que tu reviens d'un enterrement. Quoi? Tu as encore des problèmes dans ton travail? Tu allais où comme ça? Si tu veux, je te donne des conseils… Il faut vraiment que tu trouves quelqu'un avec qui vivre. Je peux demander à Peter de te trouver un bon Grec. Cela fait des années que je te propose cette solution. Un Grec serait un excellent parti. Nous avons le sens de la famille. Il n'y a pas à dire, ce n'était pas le cas de tes anciens petits amis. »

J'avais vu mon père neuf mois plus tôt froid et raide sur son lit de mort. Oisillon recroquevillé, il s'était éteint en trois jours. Une bactérie contractée à l'hôpital avait eu raison de lui, de ses mensonges, de son bagout et de son désir désespéré de vivre. Oui, il tenait à la vie malgré ses dialyses trihebdomadaires auxquelles il se soumettait à contrecœur depuis plus de vingt ans.

Presque un an avant sa mort, il entrait à l'hôpital. Il en était sorti quatre fois. Différentes installations dans des résidences spécialisées pour personnes âgées s'étaient montrées vaines. En établissement de santé, mon père s'était d'abord déchiré la rate. Il avait ensuite attrapé le virus de la gastro-entérite, puis celui de la grippe et finalement avait fait une crise d'appendicite. À chaque nouvel événement, il avait dû retourner à l'hôpital. Là, après de nombreux examens, on avait fini par le déclarer «délirieux» et, comme ses dialyses nécessitaient une surveillance de plus en plus soutenue, on le gardait à l'hôpital en attendant de trouver une solution qui semblait de plus en plus improbable. J'avais eu beau hurler que ce mot «délirieux» n'existait pas en français, les médecins revenaient toujours à ce diagnostic grotesque et à leur insuffisance linguistique. Mon père était donc dément. On l'avait mis dans une aile spéciale de la clinique où il était sous la surveillance vingt-quatre heures sur vingt-quatre de ses gardes du corps, comme il les appelait.

Durant une de ses dialyses, il avait posé des actes dangereux et «délirieux» qui avaient mené à son enfermement. Il s'était attaqué à quelques infirmiers qui participaient à ce que mon père voyait comme un complot et il avait mordu deux ou trois employés de l'hôpital en se débattant vivement. Mais n'avait-il pas toujours été fantasque? N'avait-il pas déjà arraché quarante ans plus tôt un morceau de la joue d'un «ami» qui n'avait pas suivi ses conseils et à qui il reprochait justement de comploter contre lui? N'avait-il pas pété la gueule à des dizaines de copains qui, il en était sûr, l'avaient «trahi»? En quoi ses actions et ses paroles avaient-elles vraiment changé de nature? Pourquoi déclarer «délirieux» un homme de soixante-dix-huit ans qui de toute façon était devenu avec le temps un peu inoffensif? Bien sûr, il parlait d'un film dans lequel nous jouions tous, de ses voyages prochains sur la Lune avec un directeur de cirque, du couronnement de son frère, roi d'Algérie, et d'une caverne où il fallait que nous allions chercher «le» trésor. Mon père avait tant inventé d'histoires dans sa vie… Les dernières m'apparaissaient à peine plus extravagantes que les précédentes. Et il n'avait peut-être pas tout à fait tort de voir un complot perpétré contre lui. Pourquoi ses médecins montréalais qui le connaissaient déjà depuis plus de huit ans, pourquoi donc ses néphrologues avaient-ils attendu tout ce temps pour enfermer cet homme extrêmement difficile, qui leur avait toujours craché au visage, qui ne les avait jamais remerciés des soins prodigués et qui croyait, avec raison d'ailleurs, que seule leur paie phénoménale les intéressait? Ma mère, qui avait signé tous les papiers permettant l'enfermement de mon père, ne prenait-elle pas sa revanche sur son homme qui l'avait abandonnée sans le sou avec trois enfants et qui était réapparu comme une fleur trente-six ans plus tard?

À New York, la dernière jeune petite amie de mon père, Oksana, l'avait foutu à la porte de leur appartement. Elle le trouvait trop malade, grincheux et difficile à soigner. Il avait aussitôt quitté la ville pour aller pleurnicher, à demi agonisant, devant l'appartement de ma mère dans Côte-des-Neiges, où elle vivait depuis peu.

Il était très diminué en effet. Il sentait venir sa fin. Seuls le Québec et ma mère semblaient vouloir encore de lui, disait-il. Sa Régine l'avait donc repris. Par pitié peut-être ou par envie perverse de le voir crever sous ses yeux… Elle racontait souvent quand j'étais enfant l'histoire de sa tante Jeanne. Celle-ci avait accepté son mari à la maison dans ses dernières années bien qu'il l'eût trompée et laissée sans argent. Elle lui disait, laconique, alors qu'il cherchait à trouver la paix sur son lit de mort : « Mais mon ami, vous avez brûlé la chandelle par les deux bouts toute votre vie, il est bien normal que vous vous éteigniez avant moi. » Était-ce pour se sentir toute-puissante envers un homme malade que ma mère avait accepté de vivre à nouveau avec son ex ? Toujours est-il que huit ans durant, ma mère s'occupa de mon père. Et elle lui permit de vivre des années dont il avait lui-même déjà fait le deuil. Il avait toujours pensé qu'il serait emporté jeune. Sa mère était morte à trente-huit ans et lui qui avait alors soixante-dix ans se déclarait tous les jours bienheureux d'avoir été pré-sent aussi longtemps sur cette terre.

Quand il revint chez elle, ma mère, avec beaucoup d'obstination, réussit à lui faire suivre un régime sévère qui facilitait grandement ses hémodialyses. Elle l'empêchait de fumer et de boire. Comme la télévision allumée à la chaîne française internationale ne manquait pas de plonger mon père dans un profond sommeil, il dormait beaucoup plus, lui, l'insomniaque. En quelques mois, sous la surveillance maternelle panoptique, le corps de mon père avait repris du mieux. Vassili pouvait espérer vivre s'il faisait attention à lui. Cela tenait du miracle, répétait-il en pleurant et en embrassant sa Régine… «Quelle femme formidable tu es!» lui glissait-il à l'oreille. Et comment avait-il pu vivre presque quarante ans sans elle?

Puis très vite, en cachette, il avait repris ses vieilles habitudes. Je le voyais fumer en bas de l'immeuble de ma mère, situé tout à côté de l'université où je travaillais. Je le croisais quand il allait faire le joli cœur auprès des employées de la bibliothèque de droit afin qu'elles l'aident à se défendre lors d'un procès «injuste» intenté contre lui. Tout le monde succombait à son charme: comment un homme âgé, aussi désarmant et séduisant, était-il traîné en cour de la sorte? C'était tellement absurde…

Durant cette période, un matin, je rencontrai par hasard mon père chez Ogilvy au rayon des cosmétiques. Il achetait le parfum de Guerlain, *Vol de nuit*, que ma mère porte depuis toujours, à une jeune dame. Il me présenta Maria sans embarras. Elle me tendit la main rapidement et embrassa du même geste mon vieux père pour le remercier de son cadeau. Ma mère n'avait-elle pas toutes les raisons du monde de voir son mari enfermé à la fin de sa vie et de l'assigner à l'hôpital où il ne lui restait plus qu'à courtiser les infirmières en leur offrant chaque matin des cafés et des muffins achetés au Tim Hortons pas loin et qu'il faisait venir par un gardien de sécurité dont il était devenu l'ami?

Mon père marchait avec une canne. Il tenait à peine debout. Dans les dernières années de sa vie, malgré les soins prodigués par ma mère, il ressemblait à un petit oiseau déplumé demandant la becquée. Il avait perdu ses beaux cheveux noirs. Son corps était couvert de marques, de bleus et d'humiliations médicales de toutes sortes… Son bras gauche exhibait un cathéter en permanence, qui lui donnait l'air d'un martyr, d'un saint Sébastien. Mais il plaisait encore aux femmes comme aux hommes. Autour de lui, ce n'étaient qu'admiration et compliments. Mon père était charmant. Je devais m'y faire. L'expérience se chargeait d'ailleurs de me le rappeler sans cesse.

En septembre 2003, alors que mon père était officiellement retourné vivre avec ma mère depuis à peine trois mois, je me trouvais dans une petite librairie tout à côté de chez mes parents. Je m'apprê-tais à payer les nombreux livres que j'avais comman-dés pour une recherche. Quand je tendis ma carte de crédit, une libraire bien intentionnée me demanda si j'étais Érina, la fille de Vassili Papadopoulos. Un oui laconique fut ma réponse à cette jeune femme qui aurait dû, en travaillant dans les livres, me connaître comme écrivaine. Enchantée, elle me demanda tout de go si je voyais plus souvent mon père. C'était, selon ses dires, un homme aimable, attachant, qui venait souvent à la librairie bavarder. Il était très heureux et gentil, mais une chose l'attris-tait : le silence que sa fille Érina gardait à son endroit. Elle ne voulait pas le voir, avait-il confié profondément bouleversé à la petite libraire, me faisant passer pour une parvenue honteuse de ses origines et de son père, pourtant moteur de sa réus-site. Je voulus gifler cette gamine imbécile et lui laissai là mes livres. Il avait réussi à tous les emberlificoter. Il savait jouer si bien la pitié. Je n'avais qu'à me retirer.

Il n'était d'ailleurs pas tout à fait exact que je ne fréquentais plus du tout mon père. Je le croisais souvent chez ma mère. Je lui parlais de la pluie et du beau temps. Mais nous n'avions plus la complicité qui avait été la nôtre durant mon enfance. Cette complicité qui faisait de moi sa fille préférée, son héritière, quoi qu'il puisse arriver. À partir de l'âge de onze ans, je n'eus pendant des années presque plus aucun signe de vie de mon père. Il m'accorda bien un entretien d'une heure à Toronto, alors que je participais à un colloque étudiant… Il était lui aussi à Toronto et avait appris, je ne sais comment, que je faisais une présentation sur *Hamlet* de Shakespeare. J'avais vingt-cinq ans. Depuis, je ne l'avais pas revu. Sa famille montréalaise ne savait pas ce qu'il devenait. Le vieux Papou, le père de mon père, était mort, et son fils aîné n'était apparemment même pas venu à l'enterrement. Pendant une trentaine d'années, mon père disparut presque totalement de ma vie. Il m'appela peut-être dix fois. Chaque fois, sa voix au téléphone, enjouée, retentissait dans l'écouteur. Nous échangions quelques paroles rapides. «Tu vas bien? et ta mère? et tes sœurs?» Rien de plus… Et puis, sans prévenir, il était «revenu».

Quand ma mère m'appela un matin pour me dire qu'il était réapparu dans sa vie six mois plus tôt, ce dont elle n'avait pas jugé bon de me prévenir avant, et qu'il venait s'installer chez elle, je crus qu'elle m'annonçait qu'un mort était ressuscité.

C'est pourquoi en cette fin d'après-midi de février, lors de la pire tempête de l'hiver 2013, le «retour» de mon père ne pouvait m'étonner outre mesure. Toute petite, je le voyais souvent s'évanouir dans le paysage quelques jours pour une beuverie, une série d'actions illégales, un séjour en prison, une croisière dans les Bermudes ou une escapade avec une maîtresse. Et puis, il revenait sans crier gare et ma mère le reprenait. Jusqu'au divorce.

Après tous ces faux départs et vrais retours, mon père n'était peut-être pas tout à fait mort. J'avais été idiote de clore l'affaire si vite. N'était-il pas immortel, comme il me le répétait souvent durant mon enfance? Ne le comparais-je pas alors à Sindbad le marin?

Mon père avait toujours été un revenant. Jamais là, mais toujours susceptible de réapparaître.

Voilà donc que, par un soir de tempête, plus de neuf mois après sa grande disparition, je tombais littéralement sur mon père. Je lui sauvais la vie alors qu'il l'avait perdue… Je ne lâchais pas le vieillard des yeux, soulevée par un ultime désir d'explication rationnelle ou encore soucieuse de prouver à mon père qu'il ne pouvait être qu'un imposteur, qu'un faux lui-même. En colère, devant ce type qui ne pouvait pas de toute façon être celui que j'avais aimé enfant, je sortis d'un trait : « Mon père… mon père est mort le 29 avril 2012. Je l'ai vu mort, de mes yeux, de mes mains j'ai constaté dans la douleur qu'il ne respirait plus. J'ai assisté à son incinération. Il est donc impossible que vous soyez lui ou encore qu'il soit vivant. »

Le vieil homme se mit aussitôt à rire très fort. Il s'interrompit pour me dire : « Mais tu ne crois quand même pas à tes sornettes logiques ? Tu n'es tout de même pas une fanatique de la mort, toi, la romancière… Et en plus une romancière à qui l'on reproche sans cesse de ne parler que de macchabées. J'ai lu les critiques sur tes livres, ce n'est pas toujours élogieux de ce point de vue. Mais qu'est-ce que ces Nord-Américains, ces Occidentaux peuvent comprendre à la mort ? Il faut être oriental pour approcher cela… Tu es devenue comme eux, on dirait… Voilà que tu te fies à la réalité des vivants… Il me semble ma fille que je ne t'ai pas élevée ainsi! Nous avions le culte des morts, chez nous. On ne les foutait pas à la porte, hors de nos vies, à toute allure, d'un coup de balai… Ta grand-mère a toujours été présente à mes côtés, et aux tiens. N'a-t-elle pas existé pour toi? Tu ne l'as pourtant jamais connue. Je te lisais et racontais des histoires en lesquelles tu croyais quand tu étais petite. Les morts, les morts… mais tu crois qu'on est où? Dans l'au-delà? Ou alors tu penses qu'on a disparu à tout jamais… ce serait trop simple! Tu serais débarrassée de moi pour toujours. Tu trouverais une grande cause pour ton prochain roman. Mais non, je suis là… J'habite là, à trois cents mètres d'ici, dans le grand immeuble au coin de Milton et Sainte-Famille. Il y a une belle piscine. J'y plonge tous les matins. Je me suis remis à la natation, comme à Alger… Cela me rappelle des souvenirs. Tu ne trouves pas que mon corps a repris des forces? Sofia me dit tout le temps que je rajeunis à vue d'œil. Tu vas la rencontrer, tout de suite… Oui, je me suis installé près de chez toi… Mais ce n'est pas pour t'espionner. J'ai toujours aimé ce coin. Dans les derniers temps avec ta mère, j'étais confiné à Côte-des-Neiges. Cela ne convenait pas du tout à mon tempérament. J'aime l'animation, moi. Oui,

oui, tu vas me dire que je n'aurais pas dû retourner avec elle, ni revenir à Montréal, après ces années à New York sans elle. Mais que veux-tu, j'avais besoin de renouer avec le passé. Quand j'y pense… Bon sang que je n'aimais pas Côte-des-Neiges! Je suis un type des grandes villes! Tu me connais. Tu es pareille. La campagne, cela n'est pas pour nous… On y étouffe, toi et moi. J'ai vécu à Manhattan, même pas à Brooklyn. J'y tenais… et j'avais pourtant de la famille qui m'aurait hébergé gratuitement juste de l'autre côté du pont. Tu connais, non, mon cousin Georges? Je ne te l'ai jamais fait rencontrer? Je croyais que si… Peu importe. Non, il me faut le vacarme de la vie. J'ai besoin de l'agitation des citadins, de l'avenue du Parc, du boulevard Saint-Laurent, de la rue Sainte-Catherine, du 80… Et puis maintenant que je ne conduis plus, c'est beaucoup plus pratique ainsi. Mais oui… Ne fais pas cette tête, Érina… Tu le sais bien. J'avais déjà arrêté de conduire avant de prendre le maquis. Tu ne te rappelles pas? C'est peut-être que tu perds la mémoire. Je rigole, voyons… J'ai failli t'appeler pour ton anniversaire, en janvier, mais je ne voulais pas te faire peur. Tu as toujours été très sensible. Il n'y a que moi qui te comprenais. Ta mère ne voyait pas cela. Elle a voulu faire de toi une femme un peu trop moderne, trop indépendante : une intellectuelle… Moi, je trouve, je te l'ai déjà dit, qu'il y a de l'abus dans tout cela. On en a déjà discuté, je crois… On ne va pas recommencer. Surtout pas aujourd'hui, où je ne veux pas te fâcher. Viens, il faut fêter nos retrouvailles. »

Le vieillard m'avait attrapé le bras. Il trottinait à mes côtés sur le trottoir recouvert de glace et de neige, me dirigeant fermement. Malgré sa délicatesse, ce père mort était très vigoureux. Nous allions là où il avait décidé d'aller. Je n'avais qu'à le suivre, m'abandonner à cette rencontre. En étais-je capable ?

Dans la neige, le souffle de mon père était un peu court. Il luttait contre le froid et les vents. Nous marchions péniblement en pantelant. Cette respiration haletante, je la connaissais bien. C'était celle que j'avais guettée souvent pendant les longs mois que mon père avait passés à l'hôpital et celle qui avait disparu quand je l'avais vu mort sur son lit.

En avril, quelques nuits avant son anniversaire, une infection généralisée s'était déclarée. Son petit corps maigre, abîmé, semblait résister à tout et nous ne nous inquiétions plus. Il s'en sortirait encore une fois, pensions-nous mes sœurs et moi. Mais un jour plus tard, la fièvre n'avait toujours pas descendu. Nous nous relayions à son chevet. J'essayais de passer le plus souvent mon tour. Ma présence se réduisait depuis un an. Mes sœurs, plus jeunes que moi, qui l'avaient peut-être moins connu quand nous étions petites, semblaient avoir besoin de passer des moments avec leur père. Elles me disaient vouloir rattraper le temps perdu. Moi, je faisais tout pour éviter de me retrouver seule avec lui.

Je veillai mon père sans conviction. Peut-être davantage pour soulager mes sœurs que pour être auprès de lui. Il m'avait tant déçue, tant abandonnée pendant toutes ces années. Que faisais-je à son chevet, alors qu'il n'avait pas été là du tout pour moi durant la plus grande partie de ma vie?

Dans la nuit du 28 au 29 avril, ma sœur Alexia m'appela à trois heures du matin. Elle pleurait très fort. Sa voix résonnait dans le silence de mon appartement. Mon père était très, très mal. Il ne verrait pas l'aube. Il fallait venir. Je traversai la ville pour soutenir le moral d'Alexia et d'Adriana. Et puis aussi par curiosité. Qu'y avait-il pour moi à comprendre dans la mort du vieux Vassili, cet étranger? Quelle vieille blessure l'anéantissement de mon père réveillerait-il ? Que verrais-je de lui qui m'avait été caché par les habitudes de la vie ?

J'arrivai trop tard pour le voir une dernière fois vivant. Dès l'entrée de la chambre, je sus qu'il avait disparu de ce monde. Mon père était sur son lit de mort. De loin, je voyais mes sœurs qui se tenaient à côté de lui, droites, tentant de ne pas pleurer. Je me rappelle très clairement avoir vu en lui un oiseau mort. Il ne prendrait plus jamais son envol. Mon père était mort comme mouraient les bêtes dans mon enfance. Le corps recroquevillé, rigide, ne laissait aucun espoir pour un au-delà. Il aurait le même sort que le cadavre du renard roux qui avait pourri quelques jours dans le fossé derrière chez ma tante à Kalamazoo, en 1968.

Dans la chambre de mon père, une vieille dame, Marie-France, elle aussi agonisait. Depuis un mois, ils partageaient les mêmes lieux. Je les avais surpris à chanter ensemble de vieux refrains. Ils se remontaient le moral. Marie-France m'avait même avoué, dans la proximité que crée la chambre partagée, qu'elle aurait été prête à épouser mon père s'il n'avait pas été avec ma mère. Mon père lui avait appris qu'il avait une femme, même si celle-ci n'était pas venue le voir à l'hôpital durant toute la dernière année. La nuit de la mort de mon père, comme je m'avançais dans la chambre, Marie-France me regarda de ses grands yeux épouvantés. Je traversai la pièce, sans lui parler, pour aller de l'autre côté du dérisoire rideau faire mes adieux à papa. Si je m'étais arrêtée pour bavarder avec la vieille dame, j'aurais pleuré longtemps. J'embrassai le front glacé de mon père dans cette moitié de chambre funéraire. Je sentis sa peau rigide, morte. La vie s'était retirée. Je regardai longuement mon père, dont la tête rétrécie me rappelait celle d'un moineau. J'étreignis ses mains engourdies à tout jamais.

Dans la tempête grosse de neige et de vents, je continuai à penser avec la logique des vivants que je ne pourrais pas prendre mes livres à la bibliothèque de McGill ce soir-là, que je devrais y retourner prochainement. Pourquoi avais-je sauvé cet homme qui me faisait perdre mon temps? Quand pourrais-je aller prendre le livre sur Ana Mendieta que la bibliothèque venait de recevoir? J'étais encore dans mes préoccupations d'emploi du temps, quand nous arrivâmes rue Sainte-Famille, devant l'immeuble de vingt-neuf étages, juste au coin de la rue Milton. Je passais chaque jour devant depuis la mort de mon père... Comment se pouvait-il que Vassili soit si proche de moi depuis son décès et comment étais-je arrivée à ne pas le croiser?

Mon père poussa la porte extérieure de son immeuble. Un concierge sortait pour déneiger l'entrée qui allait bientôt être complètement ensevelie sous la neige. Il nous tint la porte intérieure et nous salua avec déférence. Avant de s'engouffrer dans la tempête, le type lança: «C'est un mauvais soir pour être dehors, monsieur Papadopoulos. Vous faites bien de rentrer. Votre femme vous attend. Elle est descendue trois fois pour voir si elle ne vous voyait pas arriver.» Le concierge était déjà dehors et commençait à pelleter les marches qui reliaient le trottoir à l'immeuble. Nous avions peiné pour monter l'escalier couvert de neige. À l'intérieur, sur le grand paillasson, mon père secoua ses bottes et enleva son pardessus maculé de flocons et déjà tout trempé. Il retira aussi son petit chapeau de feutre qui découvrit des cheveux épars, ébouriffés et mouillés. Il me tendit l'écharpe de soie qui, durant le chemin que nous avions effectué, s'était tortillée, lamentable, autour de son cou, sans le protéger de rien. Papa était habillé pour passer l'hiver à Paris ou dans un pays tempéré. Il avait toujours refusé de se vêtir correctement pour la saison froide au Québec. Je le lui avais souvent fait remarquer. Et cela le faisait rire. Il me disait, alors qu'il était encore très jeune et que j'étais enfant : « Tu ne vas quand même pas me changer à mon âge » et nous riions. J'affirmais aussi qu'il était comme tous ces immigrants mal adaptés qui ne savaient pas s'habiller de façon appropriée pour les temps froids du Québec et qui s'imaginaient encore chez eux. Mon père me faisait alors un clin d'œil et me disait : « Mais je suis un immigrant et je n'ai pas à m'adapter. Je vais rester celui que je suis. On n'a pas besoin d'être toujours en accord avec la réalité. »

Mon père n'avait pas du tout changé. Même mort, il restait l'immigrant qu'il avait toujours été. Je me défis moi aussi de mon manteau, de mes gants et de mon bonnet et me collai comme le faisait déjà mon père contre le chauffage de l'entrée de l'immeuble. Nous restâmes là quelques secondes sans parler. Nous profitions simplement du moment et de la chaleur. Nous avions eu très froid. Puis mon père me donna à porter son paquet et ses effets mouillés qu'il déposa dans mes bras et se dirigea vers l'ascenseur qu'il appela. En me poussant à l'intérieur de la cage, il me dit joyeux : « Montons vite. Sofia nous attend avec le café… »

MONTRÉAL

Les samedis au début des années soixante

Les homards agitaient rapidement leur tête bleu marine et leurs pinces serties de grosses bandes de caoutchouc blanc, rendues ainsi inertes, inoffensives. Ils agitaient leur queue costaude dans des soubresauts désespérés. À peine sortis du minuscule aquarium où ils étaient parqués par centaines, ils se débattaient violemment entre les énormes mains du poissonnier rougeaud qui exhibait avec calme leur silhouette préhistorique aux clients capricieux. Certains d'entre eux étaient rapidement rejetés dans le bocal riquiqui aux parois sales et devaient attendre encore quelques heures ou quelques jours d'être élus par les acheteurs. Les autres étaient engouffrés dans de minuscules sacs en plastique blanc, desquels ils tentaient en vain de sortir ou dans lesquels ils se trémoussaient de manière grotesque sur le comptoir des marchandises. Leurs antennes alors vibraient vivement et leurs yeux globuleux, vides, semblaient devenir tout à coup presque expressifs. Ils seraient bien vite plongés dans de grandes casseroles d'eau bouillante, mais ils auraient le temps avant de trouver une mort rouge carmin d'étouffer longuement hors de l'eau. Leur chair égaierait les repas de fête et leurs carapaces épaisses éclateraient sous les pinces retorses de membres d'une réunion de famille prêts à tout pour disloquer les carcasses cuites et en expédier la délicieuse substance dans leurs estomacs.

Chaque samedi matin, quand mon père n'était pas en voyage d'affaires, nous allions chez le poissonnier Waldman au coin de la rue Roy et de la rue Coloniale, pas loin du boulevard Saint-Laurent. Ma mère qui ne supportait pas l'odeur du poisson restait dans la voiture avec mes deux jeunes sœurs, au milieu du parking juste en face du marchand de poissons, et mon père et moi traversions la rue pour entrer dans ce lieu étonnant qu'était à l'époque Waldman. Les clients se bousculaient devant les viviers ou les étalages de crustacés. Des monceaux de glace rafraîchissaient les moules, les huîtres, les raies ou encore les soles étalées là, le ventre en l'air, de façon obscène. J'errais avec mon père dans les allées, ne sachant pas tout à fait quelle serait notre pêche miraculeuse de la semaine. Il nous arrivait de revenir à la voiture avec deux ou trois homards, encore frétillants de vie, très étonnés d'être hors de l'eau et de se retrouver dans le coffre de notre automobile. Ma mère poussait les hauts cris devant les dépenses inconsidérées de mon père, mais elle était heureuse le soir quand elle déchiquetait avec ses dents les pattes molles des bestioles rouges. À cet instant-là, elle oubliait qu'elle n'avait pas de quoi s'offrir une crème de jour et qu'elle devait s'inquiéter pour le moindre sou.

Le plus souvent, nous achetions des moules, qui étaient beaucoup moins chères et que seuls les immigrants chinois semblaient apprécier dans cette poissonnerie. Autour de l'étalage des moules, des dames aux yeux bridés tapaient sur les coquilles avec assurance et rejetaient à la montagne de crustacés noirs les spécimens jugés impropres à la satisfaction des appétits et des goûts. Mon père échangeait en anglais quelques mots avec les femmes et partageait avec elles ses recettes de façon joyeuse et très détaillée. En fait, il faisait cuire les moules avec du vin, de l'ail, de l'oignon et de la ciboulette dans une grande marmite en tôle. Cette façon de faire ne semblait guère convaincre les Chinoises, qui penchaient la tête à droite puis à gauche, de manière à montrer leur doute et même leur désapprobation.

Mon père, en les préparant, retournait souvent les moules dans leur casserole afin qu'elles soient prêtes toutes au même moment. Cela produisait un petit bruit métallique qui me faisait saliver. Il nous apportait sur la table le grand chaudron plein, débordant de coquilles noires, et nous piochions à qui mieux mieux pour avaler goulûment la chair plus ou moins flasque des moules. Il nous arrivait d'avoir des oursins que nous mangions crus, mon père et moi. Ma mère passait alors dans la cuisine en nous annonçant que nous lui donnions la nausée et qu'elle refusait que les jumelles mangent si petites de telles saloperies. Quand nous étions plus sages ou quand mon père avait quelque chose à se faire pardonner, nous nous contentions d'un sobre poisson blanc que ma mère apprêtait mal, en le faisant revenir dans très peu de beurre, et dont elle disait se délecter, puisque cela lui rappelait son enfance passée dans un village normand en bord de mer. Mon père, lui qui avait vécu toute son enfance en Algérie et était né en Grèce, me parlait de mérou, de mangouste, de bouillabaisse, d'huîtres au citron, de soupe à la rouille, de plateaux de fruits de mer géants et de coquillages bien gras. Et quand il se sentait obligé de prendre un poisson blanc et maigre, il m'adressait un clin d'œil complice et me donnait l'impression que nous étions des criminels en train d'user de quelque stratagème pour plaire à ma mère.

À la poissonnerie, mon père refusait qu'on lui nettoie les poissons qu'il achetait. Il préférait couper la tête, dépecer les abdomens avant de leur extirper les entrailles, enlever les écailles sur le comptoir en mica de notre cuisine du quartier grec de Montréal où nous habitions avant le divorce. Ma mère mit fin à cette extravagance qui salissait l'intérieur de sa maison pour laquelle elle travaillait dur. Mon père, la mort dans l'âme, dut se résoudre à confier ses prises au petit monsieur noir et sec qui travaillait chez Waldman et qui était attelé à la tâche du nettoyage des produits de la mer.

Julio portait de grandes bottes de caoutchouc vertes qui rendaient sa démarche un peu gauche et lui donnaient l'air d'un pingouin. Un grand tablier de plastique couvrait son corps et une casquette de capitaine ornée d'un écusson jaune était en équilibre sur sa tête et faisait de lui un authentique marin partant à la pêche chaque matin pour rapporter toutes les denrées de la poissonnerie. Entre deux têtes arrachées et des monceaux d'écailles, il rinçait à grands coups de jet d'eau sa table de travail. Pendant l'exécution de sa tâche, il conversait avec quelques clients qui, impressionnés par la mise en scène et la dextérité de l'homme, ne manquaient pas de lui laisser un généreux pourboire dans le gobelet en plastique transparent prévu à cet effet.

Dans la poissonnerie, nous restions très souvent une bonne heure à regarder les étals et à nous décider pour tel ou tel produit. Nous nous permettions des câpres et puis aussi un petit morceau de saumon fumé. À tout cela, nous ajoutions des citrons énormes et puis une quinzaine de crevettes qui avaient l'air bien appétissantes. Je goûtais avec joie ce que la dame assignée à la promotion au milieu du magasin nous offrait pour nous inviter à découvrir un nouveau produit et à bien sûr l'acheter. C'est ainsi un matin que je découvris le foie de morue, les escargots à l'ail, les rillettes de poisson et les algues séchées. Dans la voiture, nous attendant, ma mère excédée n'osait même pas venir nous chercher, tant l'odeur de la « poiscaille » lui donnait envie de vomir… Les jumelles s'impatientaient et piquaient des crises pour venir nous rejoindre. Elles m'enviaient ma place auprès de mon père. Et elles avaient bien raison… Ma mère leur interdisait de bouger, elle craignait surtout que leurs vêtements s'imprègnent du parfum que ces quantités de poissons de toutes sortes rassemblés dans un même lieu exhalaient. Non, elle préférait rester dans l'Oldsmobile à lire une revue qu'elle venait d'acheter au dépanneur un peu plus tôt en même temps que l'énorme *Presse* du samedi qui comportait l'horaire télé et le cahier Voyage qui ne manquait pas de la faire rêver.

Après Waldman, nous allions dans une épicerie du boulevard Saint-Laurent où nous faisions le gros des courses. Au rayon boucherie, mon père se ruait sur les saucisses et la charcuterie, tandis que ma mère payait le morceau de viande qu'elle commandait toutes les semaines pour le repas du dimanche midi : rôti de bœuf, pommes de terre bouillies et petits pois.

Le samedi matin se terminait souvent par une visite au tailleur de monuments funéraires installé sur Saint-Laurent en face du resto de *smoked meat*. Mon père allait dire en vitesse bonjour à son copain Moshe qu'il avait connu je ne savais où et qui lui racontait quelques potins des derniers morts pour lesquels il devait travailler la pierre tombale. Pendant ce temps-là, ma mère allait à la boulangerie acheter des ficelles, puisque « les baguettes avaient trop de mie et qu'elles faisaient mal au ventre », et des babas au rhum, dont mon père raffolait. Et puis nous rentrions en catastrophe dans le quartier grec, affamés par toutes nos activités matinales. Nous nous ruions sur des sandwichs au jambon ou encore au saucisson que mon père avait achetés en quantité astronomique. En dévorant nos sandwichs, nous savions que le week-end nous appartenait.

Le samedi soir était consacré aux poissons paternels et aux folies faites chez Waldman. Mon père préparait donc le souper que nous dévorions heureux, comme si nous commettions quelque méfait contre la vie monotone. Vers vingt heures, nous nous asseyions au salon pour regarder un Fernandel ou un Columbo. Les criminels m'exaltaient et j'étais triste qu'ils se fassent coincer par le détective borgne. Mon père jouait avec moi en m'expliquant comment lui il ne se serait pas fait prendre même par un malin comme Peter Falk et j'étais ravie de penser qu'aucun de nous n'irait en prison. Vers minuit, dans la surenchère des plaisirs du samedi, mon père commandait chez Pendelis une pizza « toute garnie», qui nous arrivait débordant de pepperoni et baignant dans le fromage. Des piments forts étaient disposés dans un petit contenant en plastique dans la boîte en carton et mon père en couvrait les morceaux qu'il ingurgitait. C'était trop piquant pour moi. Je me contentais de me badigeonner la bouche du gras du fromage. Le livreur recevait toujours un gros pourboire. Il nous souhaitait une bonne nuit en souriant, très satisfait de sa course. Mon père, ma mère et moi dévorions la pizza en regardant un dernier truc à la télé, souvent un film de guerre où les nazis étaient beaux comme des dieux, ce qui mettait en rogne ma mère, elle qui avait vécu en Normandie durant l'Occupation et qui détestait les Allemands. Mon père riait un peu d'elle et l'embrassait pour la calmer ou alors lui mettait un gros morceau de pepperoni dans la bouche. Ma mère, joyeuse, allait déposer dans leur lit les jumelles endormies depuis longtemps et engueulait pour la forme et à voix basse mon père. Elle trouvait qu'il me laissait me coucher trop tard, mais les extravagances de son mari la faisaient malgré tout rigoler.

Le dimanche soir, ma mère, repue par toute la viande du dîner au rôti de bœuf et de la soirée pizza de la veille, s'enfermait dans sa chambre et ne mangeait pas. Elle se consacrait aux soins de son corps, se faisait une pédicure et une manucure à l'aide d'un vernis à ongles rose nacré, prenait un bain rempli de mousse ou se teignait les cheveux en auburn. Mon père s'occupait alors de tout. Il redevenait le roi de la cuisine et nous préparait un plat de pommes de terre au gruyère qu'il laissait cuire au four longuement. Le gruyère était le fromage préféré de mon père et il me laissait couper le morceau qu'il râpait vite et bien.

Je ne sais combien de samedis et de dimanches aussi fabuleux nous avons passés en famille. La vie partagée par les cinq êtres que nous étions ensemble n'a, me semble-t-il, existé vraiment que durant une centaine de week-ends, au moment de ces courses sur Saint-Laurent.

Mes parents étaient heureux à cette époque. Il leur arrivait même l'été d'aller grignoter quelque chose dans un bouiboui de l'avenue du Parc qui appartenait à un ami de mon père, Peter, restaurateur, spécialiste en souvlakis et ancien coiffeur. Il venait souvent à la maison tailler les cheveux et la moustache de mon père. Des années plus tard, Peter nous fit à ma mère, aux jumelles et à moi, des menaces de mort parce qu'il cherchait à joindre mon père qui lui avait volé de l'argent. Ma mère ne pouvait lui donner les coordonnées de mon père à New York, elle ne les avait pas, et elle ne pouvait que répéter à Peter de téléphoner au père et à la sœur de son ex-mari. Mais Peter ne l'entendait pas ainsi. Il voulait que ma mère lui donnât l'adresse de mon père. Il nous téléphona durant des mois, en nous annonçant que nous aurions les jambes cassées s'il n'obtenait pas ce qu'il voulait. Ma mère dut, à contrecœur, puisqu'elle avait coupé tout lien avec son ex-belle-famille, téléphoner à un des frères de mon père qui se chargea de faire taire Peter, sans qu'elle sache jamais comment. Beaucoup plus tard, j'avais vingt-deux ou vingt-trois ans, un ami m'invita au resto un soir et voulut me faire plaisir en me proposant un repas grec. Je me retrouvai dans le bouiboui de Peter qui était devenu avec les années un lieu branché. De loin, j'aperçus Peter à la caisse qui n'avait rien perdu de sa faconde. Sans rien dire à mon ami, je tremblai toute la soirée de peur qu'il ne me reconnût et ne songeât encore à me casser les jambes. Bien entendu, Peter ne se souvint pas de moi.

Les années avaient passé. Je n'existais plus pour lui et les samedis midi dans son resto minable avaient depuis longtemps disparu à jamais.

ALGER
1939

Vassili n'avait jamais vu un aussi gros bateau. Et pourtant, au port de Rhodes, il avait passé l'été à regarder, émerveillé, les embarcations de toutes sortes accoster au quai. Il rêvait d'être un jour marin comme son père Manos ou encore pêcheur comme ses deux oncles maternels, Georges et Spyridon. Ceux-ci raclaient le fond des mers à la recherche de grandes éponges, de coquillages nacrés ou d'étoiles de mer qu'ils allaient vendre au marché de la ville. La Méditerranée rapportait des sous à ceux qui savaient profiter d'elle et les deux frères donnaient souvent à Vassili une petite pièce pour qu'il s'achète une gâterie. Non, des bateaux comme celui-là, Vassili n'en avait jamais vu et il était très fier de se promener sur le pont de ce navire gris métallique qui venait de traverser la mer en partant du Pirée.

Un gros haut-parleur répétait très fort qu'Alger n'était plus très loin. Sur le pont, Vassili tentait d'apercevoir la ville blanche. Son père, plusieurs semaines auparavant, lui avait dit qu'ils habiteraient bientôt un autre continent. Un soir, comprenant que son Vassili était à la fois curieux et inquiet du lieu où ils allaient tous vivre, sa mère avait décrit longuement l'Afrique à son fils. Mais Érina ne savait elle-même pas grand-chose des lieux où elle s'installerait bientôt avec ses cinq enfants. Son mari lui avait annoncé qu'il fallait quitter Rhodes et elle n'avait pas trop posé de questions. Elle avait donc raconté à Vassiliou ce qu'elle avait entendu ici et là du monde africain… Et Vassili, sur le pont, s'attendait à voir de grands lions, de petits singes, de gros hippopotames et d'épatantes girafes surgir de l'horizon et lui signaler qu'il était arrivé à bon port. Il espérait donc patiemment voir apparaître au loin un bestiaire fantastique se baladant dans la cité. Mais pour l'instant, il était perché sur un banc, pas très loin de la cabine du capitaine, qu'il ne voulait plus quitter des yeux depuis qu'il avait aperçu cet homme dans son bel uniforme blanc qui ressemblait vaguement à son père le marin. Il n'y avait que la mer à perte de vue... et la mer était semblable à elle-même. Bleue, toujours bleue, comme à Rhodes. Il n'y avait rien là de très dépaysant. Ce n'était tout de même pas ça l'Afrique dont on lui avait tant parlé. Cela devait être forcément différent...

Après une escale en Italie où le bateau s'était vidé de passagers et de bagages et s'était aussitôt rempli de bagages et de passagers, voilà que Vassili, sa mère, ses trois frères et sa toute petite sœur arrivaient à destination. Quelques jours plus tôt, ils avaient quitté la Grèce. De Rhodes, ils avaient pris un petit bateau pour Le Pirée et puis de là, ils s'étaient vite engouffrés dans ce gros navire de tôle qui avait tout de suite réussi à impressionner Vassili. Quelque part, une guerre avait été déclarée. Loin de chez eux, très loin de chez eux, avait-on affirmé à Vassili pour le rassurer, mais tout de même... Le père de Vassili avait jugé nécessaire de revenir à Rhodes pour expliquer à sa famille qu'il fallait partir pour Alger ou encore pour Tanger... D'autres l'avaient déjà fait. La guerre ne pouvait rien signifier de bon. En Afrique les choses seraient calmes... Là-bas, la famille pourrait éventuellement faire fortune... et puis bien sûr on songerait, dans pas très longtemps, à émigrer tous vers l'Australie ou le Canada où quelques lointains cousins riches s'étaient installés vers 1910. Au début de cette aventure, Manos ne serait pas en mesure de quitter son poste au sein de la marine marchande gréco-italienne. Érina devrait s'installer seule à Alger et son mari lui enverrait l'argent pour la vie quotidienne. Il s'était arrangé avec le consulat à Alger. Tous les mois, il faudrait aller retirer les sous. Mais très, très vite, il viendrait rejoindre toute sa famille en Afrique du Nord. Il trouverait un bon travail et de quoi partir encore plus loin.

Manos avait donc donné à Érina de quoi payer le passage à bord du bateau grec qui mènerait la famille à Alger et puis il était reparti retrouver son propre navire de marchandises à Athènes. Érina avait suivi les indications de son mari et un matin du tout début du mois de novembre 1939, elle s'était retrouvée dans le port de Rhodes avec ses cinq enfants, ses quatre fils et sa petite dernière Dina, et tous ses bagages. Ses frères avaient demandé à des amis de mener cette étrange cargaison pleine de vie en rafiot jusqu'à Athènes. Spyridon avait fait le chemin avec sa sœur. Il savait combien le voyage vers l'Afrique ne serait pas facile pour Érina.

Vassili était l'aîné de tous les petiots. Il n'avait pas six ans. Malgré sa très bonne volonté et son amour fou pour sa mère, il ne s'avérait pas d'une grande utilité pour porter les deux malles et les trois énormes baluchons. Spyridon avait donc fait le trajet vers Athènes et avait aidé sa sœur et la petite marmaille à changer de bateau. Là, il avait quitté une Érina en larmes, anxieuse à l'idée de se retrouver seule avec cinq enfants en bas âge à bord d'un bateau et tremblante de s'imaginer sans ses frères ou sa propre mère à Alger... Voyant la détresse de sa sœur, Spyros avait éclaté et dit tout le mal qu'il pensait de Manos. Ce bonhomme avait toujours eu des idées étranges. Il n'était qu'un égoïste. Un homme fantasque. Un fainéant. Il n'aurait pas dû séparer Érina des siens. Que ferait la jeune mère seule à Alger, là où elle ne connaissait personne? Comment arriverait-elle à s'occuper des cinq mioches que Manos lui avait faits coup sur coup, à chaque retour de « mission »? Spyridon avait quitté sa sœur très inquiet.

Vassili savait très bien que lorsque son père n'était pas là et que les frères de sa mère ne pouvaient protéger Érina, il devenait le chef de famille. Et il prenait son rôle très au sérieux. Durant le trajet, sa sœur et ses trois frères pleuraient sans cesse pour se réfugier dans les bras de leur mère qui allaitait encore deux de ses enfants. Mais Vassili ne demandait jamais à sa maman de le porter ou de le consoler. Elle lui souriait pourtant de ses grands yeux tristes et lui, il lui faisait toujours en retour un sourire complice et débrouillard. Néanmoins, il tenait à la laisser tranquille et à ne pas être un poids pour elle.

Comme il n'apercevait toujours pas Alger, Vassili retourna à la cabine au troisième pont où sa mère et toute sa fratrie se trouvaient. Érina était en train de préparer sa petite tribu pour l'arrivée à destination. Elle était bien sûr nerveuse, elle appréhendait la grande ville. Cela n'aurait rien à voir avec la vie à Rhodes. Que deviendrait-elle dans un pays dont elle ne connaîtrait pas les langues ? À qui pourrait-elle parler, et son mari lui enverrait-il vraiment l'argent chaque mois ? Il lui était déjà arrivé de ne pas pouvoir donner à sa femme de quoi vivre. Elle avait dû demander à ses jeunes frères de lui avancer des sous. Et les enfants grandissaient. Ils avaient tous besoin de choses. Vassili était maintenant un grand garçon. Il faudrait qu'il aille à l'école, en français apparemment. Il aurait besoin de nouvelles chaussures et de tant d'autres effets pour commencer son éducation. C'était un enfant intelligent qui avait très hâte d'apprendre à lire et à compter.

Alors que Vassili s'occupait à distraire ses frères et même la vorace Dina qu'il faisait sauter sur ses petits genoux, la mère rassemblait les derniers objets qui traînaient. Elle mit du temps à tout mettre en ordre et à préparer les mioches. Il y avait tant à faire. Et finalement, on était arrivés à Alger sans vraiment s'en être aperçus. Le haut-parleur criait que l'accostage avait débuté. Vassili était déçu de ne pouvoir y assister. Cela l'intéressait beaucoup, les bateaux. Et puis, il avait hâte de voir l'Afrique. Mais il savait qu'il lui fallait être aux côtés de sa mère et s'occuper avec elle de la vie. C'était ainsi. Érina déjà demandait à son fils aîné d'aller chercher de l'aide pour les bagages. Vassili trouva vite dans une cabine adjacente les deux compatriotes grecs, un jeune couple qui avait depuis le départ d'Athènes donné un coup de main à Érina et aux siens. Spyridon les avait remarqués au Pirée, au moment de l'embarquement. Il leur avait demandé de s'occuper de sa sœur, en leur glissant une petite pièce. Le jeune homme vint donc soulever les bagages pour Érina, épaulé par Vassili et son frère Andrei. La jeune femme tint par la main les deux autres fils d'Érina qui, elle, n'eut plus qu'à se charger de sa fille.

Déjà, les passerelles entre le quai et le navire étaient installées et des porteurs montaient à bord en faisant des signes aguicheurs aux passagers. Après avoir constaté non sans surprise et déception qu'Alger ressemblait davantage à Rhodes qu'à la savane africaine, Vassili vit les gens amassés au bas du navire. Ils attendaient, fébriles, des membres de leur famille ou encore des amis qu'ils venaient accueillir à l'arrivée du bateau. Il faisait très beau et très chaud à Alger ce jour-là. Le quai grouillait de monde et de ballots.

Vassili n'avait pas de temps pour penser à tout ce qu'il découvrait. Il cherchait des yeux Iannis Mikopoulos. Le père de Vassili avait promis que ce jeune homme serait là à l'arrivée du navire et les conduirait tous dans leur nouvel appartement avenue Gandillot. Iannis pourrait aussi aider Érina, faire les courses ou le traducteur et accompagnerait la famille dans son installation. Les Papadopoulos descendaient à peine du bateau qu'ils furent aussitôt appelés à passer les douanes et l'immigration. On ne trouverait pas Iannis tout de suite. Après de nombreuses tentatives de discussions, puisque la mère de Vassili ne comprenait pas le français et qu'elle se contentait de présenter le passeport que son mari lui avait procuré et sur lequel une photo d'elle entourée de tous ses enfants attestait la légalité de sa vie et son émigration, tout le monde se retrouva derrière le port. Là, Érina sentit qu'elle était seule en Afrique, avec ses bagages et ses enfants serrés contre ses jupes. Elle ne savait que faire si Iannis Mikopoulos ne se présentait pas. Elle eut l'idée d'envoyer Vassili en mission de reconnaissance. Il fallait qu'il déniche leur futur ange gardien, coûte que coûte. Vassili se mit à courir dans tous les sens dans la gare maritime, en gardant à l'esprit le lieu où sa mère et sa fratrie se trouvaient. Très vite, il vit un petit jeune homme timide, qui ne payait pas de mine, en train d'attendre sur le quai, une photo à la main. Vassili reconnut sa mère et sa famille. C'était la photo du passeport. Le père de Vassili l'avait envoyée à Iannis pour qu'il puisse reconnaître tout le monde.

Vassili s'avança vers Iannis, rejoint par deux amis costauds et souriants qui eux cherchaient Érina. En grec, Vassili leur dit, soulagé, qu'ils étaient là, tous, plus loin. Le Iannis n'était pas un dégourdi. Le père leur avait collé un empoté qui ne leur serait pas d'une grande aide. Les copains de Iannis étaient les débrouillards, mais ceux-là ne vivraient malheureusement pas avec la petite famille. Vassili soupira. Tout retomberait sur lui, mais cela lui allait. Il aimait tant sa mère…

Très vite, Iannis et ses copains allèrent à la rencontre d'Érina. Les deux malabars grecs, après avoir fait un clin d'œil à Érina, empoignèrent les bagages. Avec beaucoup de respect, Iannis serra la main d'Érina et prit dans ses bras deux des enfants qui, apeurés, se mirent aussitôt à pleurer. On arriva vite à la voiture qu'un des deux amis grecs avait, on ne savait comment, empruntée à son patron. On empila les bagages, les enfants, les hommes et Érina. Et on se dirigea vers le nouveau domicile de la famille.

Vassili contemplait la ville. Il était fasciné par tout ce qu'il découvrait. Cette ville serait sûrement bien pour lui. Arrivé sur le boulevard qui domine le port, il se retourna pour contempler le panorama de la baie d'Alger, de la pointe Pescade au cap Matifou. En dessous de lui, les bateaux paraissaient somnoler sur les eaux calmes du bassin. Alger semblait belle, fière, Vassili ne regrettait pas les girafes et les éléphants. Il était tout à coup devenu un grand et Alger était à lui.

MONTRÉAL
Février 2013

Alors que l'ascenseur me propulsait vers le vingt-neuvième étage de l'immeuble et qu'il me semblait que les vents du nord continuaient à gémir dans la cage étroite, mon père, tout mouillé par la neige, secouait ses cheveux trempés et tentait, coquet, de se recoiffer. Il faisait des mimiques grotesques à son reflet que la glace de la petite cabine où nous nous trouvions lui permettait de contempler. La tempête avait été mauvaise. Elle le faisait encore grelotter et son pardessus gris ressemblait à une vaste guenille imbibée d'eau. Mais Vassili n'avait rien perdu de son panache et de son désir de plaire. Même mort, il continuait à minauder. Il tenait à retrouver au plus vite son visage de séducteur. Moi, je découvris mon air ahuri, presque irréel. Mon rimmel avait coulé sur mon visage tout boursouflé par le froid et la morve s'écoulait de la tumeur rouge que semblait être devenu mon nez congestionné. Je ressemblais à un clown lamentable, piteux. Je me détournai vite de mon image qui me fit peur. En elle, je vis mon propre spectre. Je préférai ne pas lâcher des yeux le manteau de mon père et ses cheveux ébouriffés, sur lesquels il passait ses mains avec conviction et adresse. Il me fallait à tout prix me rattacher à une quelconque réalité, fût-elle celle du corps du fantôme de mon père, en fait beaucoup plus animé que celui pétrifié de sa fille.

J'étais inquiète. Tant de questions se pressaient dans mon esprit... Où étions-nous ? L'ascenseur était-il bien en train de monter jusqu'au vingt-neuvième étage ainsi que je le percevais ? Nous entraînait-il plutôt vers l'infini céleste ? Ou allait-il nous engouffrer dans les entrailles de la Terre ? Qui était cette Sofia dont mon père ne cessait de parler et qui avait décidé de vivre avec un homme que j'avais vu mort quelques mois plus tôt ? Allais-je bientôt passer la porte de l'enfer ? Quel Achéron avais-je traversé, sans m'en rendre compte ? Mon père était-il mon Charon ? Avais-je tout simplement péri dans la tempête écrasée par les chenilles carnivores ou déchiquetée par les déneigeuses cannibales de la saison hivernale?

La porte de l'ascenseur s'ouvrit tout à coup et produisit un long bruit mat, terrifiant. Je sursautai. Alors que nous sortions de la cabine, mon père me dit de prendre à droite. J'avançais, inquiète. Le couloir sombre laissait apparaître une série de portes toutes semblables. Dans quel antre infernal devais-je me promener ainsi flanquée du fantôme de mon père? Étais-je en train d'errer dans la tour matricielle des défunts? Me promenais-je dans quelque vestibule attendant mon entrée prochaine dans le monde des morts? Me retrouvais-je simplement «au milieu du chemin de ma vie», comme le célèbre Dante?

J'essayais, tant bien que mal, de comprendre la drôle de situation qui était la mienne et je lançai vers mon père des regards angoissés et interrogateurs. Vassili Papadopoulos n'avait rien de Virgile. Il semblait simplement animé par le désir de retrouver son chez-soi et de réchauffer ses vieux os transis. Mon père me souriait. Son regard paisible ne lisait pas du tout mon désarroi. Coincée quelque part entre la vie et la mort, saurais-je retrouver mon chemin parmi les vivants? Reverrais-je un jour les étoiles? Dans quelle pièce de théâtre macabre, dans quelle divine comédie mon père m'avait-il invitée à jouer ? Dans quelle temporalité étais-je soudain prise ? Quand retrouverais-je enfin le monde de ceux qui de la mort ne savent rien encore ? Derrière toutes ces portes, « pleurs, soupirs et hautes plaintes résonnaient-ils dans le ciel sans étoiles » ? Entendrais-je bientôt « diverses langues, d'horribles jargons, des mots de douleurs et des accents de rage faire un fracas tournoyant dans cet air éternellement sombre, comme le sable, où souffle un tourbillon » ? Pendant que je pensais à toutes ces choses, mon père n'arrêtait pas de se passer la main sur la tête. Il tentait à tout prix de dompter sa chevelure avant que Sofia le voie.

Cette tour d'appartements, si c'était bien là où je me trouvais encore, n'était pourtant pas étrangère à mon histoire. En fait, elle m'avait été longtemps connue. J'y avais déjà vécu des moments étranges, forts. Quand j'avais seize ou dix-sept ans, j'allais souvent rendre visite à ma grande amie Cristina qui habitait dans ce même immeuble. Alors que mon père m'avait refusé tout son héritage orthodoxe, mais m'avait quand même condamnée à une superstition bien méditerranéenne, faite de peurs idiotes et de terreurs imbéciles, Cristina m'avait en quelque sorte initiée à certains rites religieux. Je me rappelle être allée au baptême d'un de ses neveux, Dimitri, y avoir vu l'enfant plongé dans l'eau en ayant peur qu'il se noie et puis avoir été terriblement émue par la beauté des gestes du pope. Cristina avait réussi à combler de véritables manques dans mon éducation auxquels l'athéisme forcené de ma mère française et la nonchalance paternelle m'avaient contrainte. Dans l'appartement des parents de Cristina, au douzième étage, je m'étais amusée pendant des heures, adolescente, en jouant au Ouija, en regardant des films d'horreur à la télévision ou en mangeant « en famille ». Puis plus tard, alors que nous avions toutes deux, Cristina et moi, terminé nos examens de doctorat en littérature anglaise, nous y avions quelquefois dormi vingt-quatre heures d'affilée, après avoir avalé trois ou quatre bouteilles de mauvais vin, pour bien entamer l'été. Quand je passais devant l'ancien appartement de mon amie, je me rappelais souvent que pendant une nuit de l'automne 1984 nous avions veillé dans le salon familial de Cristina le cadavre de son chat Romeo qu'elle avait enveloppé dans un grand suaire blanc. Dans l'immeuble au coin de Sainte-Famille et Milton, j'avais apprivoisé des petits instants de l'éternité avec mon amie et, vu les circonstances si étranges, il me semblait presque naturel de me retrouver là, précisément là, avec le spectre de mon père. Je me demandais simplement si les parents de Cristina étaient encore là, morts ou vivants, à l'appartement 1207. Leur fille vivait depuis de nombreuses années en Australie où elle avait trouvé un poste de spécialiste du XVIIᵉ siècle grâce à son travail remarquable sur *Paradise Lost*. Et eux, qu'étaient-ils devenus? Pourquoi avais-je cessé d'appeler Cristina de temps à autre? Quel tour la vie nous jouait-elle?

«C'est le numéro 2912, au bout», me dit mon père, m'empêchant ainsi de plonger trop profondément dans mes souvenirs avec Cristina et dans mes considérations sur l'enfer et la vie. Il enchaîna aussitôt: «Mais si ce n'est pas ma magnifique Sofia qui est là devant la porte...» Mon père se mit donc à crier à l'endroit de la petite dame que je n'avais pas du tout vue, mais que, en m'avançant dans le couloir, j'apercevais enfin: «Regarde qui je t'amène, tu ne vas pas le croire, toi la sceptique... J'ai aussi fait les courses», hurlait mon père en brandissant le paquet qu'il avait tenu fermement dans la tempête. La voix joyeuse, aiguë, paternelle, se répercutait contre les murs et semblait venir d'une chanson de Luis Mariano plutôt que du fond des enfers.

J'étais tout à coup rassurée.

Sofia paraissait minuscule ; elle faisait les cent pas devant la porte de son appartement. Ses cheveux gris attachés sagement en bandeaux étaient légèrement décoiffés. Elle semblait troublée. Je reconnus dans son regard et ses gestes une inquiétude que la vue de son ami, mon père, sain et sauf, parvint à dissiper très vite. Elle avait attendu manifestement son Vassili depuis quelques heures. Dans son esprit s'étaient élaborés mille scénarii tragiques, des histoires violentes d'abandon, des récits sordides d'accidents. J'avais si souvent expérimenté la peur de la mort de mon père que je compris très vite comment pour Sofia s'était déroulée cette fin d'un après-midi interminable et inquiétant... Tous les retards, les contretemps et les disparitions de mon père (et Dieu sait qu'il excellait à faire attendre les autres ou à jouer l'absent) me plongeaient dans des angoisses abyssales. La nuit de Noël de 1966, je l'avais passée à la fenêtre du salon de notre logement d'avant le divorce, rue Champagneur, à faire le guet, attendant désespérément sa voiture dont la carrosserie s'avançant au loin saurait me rassurer vite. Mon père ne venait pas. Il devait lui être arrivé quelque chose. Il n'avait jamais encore raté le réveillon et il ne nous aurait pas peinées ma mère et mes sœurs pour rien. C'était impossible… Vers trois heures du matin, il était apparu. Je m'étais endormie plus tôt dans l'étoffe des rideaux dorés. Ma mère m'avait laissée là, près de la fenêtre, enroulée dans le tissu or. Elle n'avait pas eu le cœur de me déplacer. Je m'étais réveillée dans les bras de mon père. Cela m'avait consolée de tout.

Mon père avait tout de suite évoqué un problème avec l'Oldsmobile. Il avait eu apparemment une crevaison alors qu'il roulait sur l'autoroute entre Toronto et Montréal. Encore endormie, j'avais regardé ma mère, victorieuse. Mon père était là. Il me berçait de ses bras forts. Son retard s'expliquait facilement. Il avait tout fait pour arriver, mais le soir du réveillon, les dépanneuses n'étaient pas légion. Ma mère détourna les yeux. Elle ne voulait pas montrer sa colère et son profond agacement. Elle savait que mon père mentait, mais qu'y pouvait-elle ?

Sofia, élégante et fragile dans sa petite robe violette en laine, s'illumina dès qu'elle entendit mon père l'interpeller. Elle ne pouvait cacher l'immense soulagement qu'elle ressentait… S'inquiète-t-on même dans la mort ? Celle-ci ne nous délivre-t-elle pas de la peur et d'elle-même? Pourquoi Sofia était-elle aussi tourmentée par l'absence momentanée de mon père? Mon père pouvait-il mourir encore? Moi-même serais-je un jour soulagée du poids de mes inquiétudes incessantes? J'ai toujours imaginé, à tort peut-être, que morte je connaîtrais enfin une absence bienfaitrice d'émotions trop vives. J'ai toujours pensé que la mort pourrait me guérir de mes tourments ridicules de vivante. Me faudra-t-il durant toute l'éternité trembler quand un proche continuera à ne pas répondre au téléphone ou quand mes sœurs ne me passeront pas leur petit coup de fil hebdomadaire? Je n'ai jamais eu d'enfants. J'aurais été incapable de les voir grandir ou simplement vivre. Je n'aurais pas pu supporter les fièvres soudaines, fulgurantes, les cris dans la nuit à cause d'un cauchemar, les accidents et les bobos à répétition, les retards le soir à la sortie de l'école, les nuits passées chez des amis sans prévenir les parents. Les quelques relations amoureuses que j'ai pu entretenir ont été abîmées, annihilées par mon désir d'une fusion affolée. J'ai longtemps cherché en vain l'amour fou. Et puis, impuissante, je n'ai plus rien cherché du tout. Et cela, mon père n'avait jamais manqué de me le reprocher.

Sofia se précipita vers son Vassiliou dont les vêtements dégouttaient sur la moquette industrielle du couloir de l'immeuble. Elle le serra dans ses petits bras maigres. La rencontre de ces deux corps fragiles, usés, m'émut. Sofia regardait mon père avec une joie profonde : il était là... Tout allait donc pour le mieux. C'est sans rien reprocher à son amoureux que Sofia se tourna vers moi, bienveillante.

« Venez vite, dit-elle en poussant la porte. Je vais faire chauffer le café grec, comme Vassili l'aime. C'est l'heure de la collation... Entrez, entrez... Il va faire meilleur chez nous que dans ce couloir froid. Le propriétaire est un Grec très radin, un compatriote de Vassili. Il limite le chauffage dans les espaces communs. Votre père s'est de nombreuses fois engueulé avec lui, mais rien n'y fait. Nous gelons tout l'hiver. Ah ! Les Grecs, je vous jure ! »

L'appartement de Sofia et de mon père n'avait rien de la grotte d'un terrifiant Hadès. Vassili et sa compagne partageaient un tout mignon studio avec cuisine. La pièce relativement petite, mais joliment décorée, était occupée par un lit et une table à manger flanquée de deux chaises. Elle donnait sur la ville de Montréal et ses lumières. J'étais bien au vingt-neuvième étage d'un immeuble touchant les nuages lourds de neige et non dans le ventre mou de la mort. Mais pour l'heure, la tempête qui sévissait dehors empêchait de contempler l'aspect grandiose de la cité qui se déployait devant nous. Les vents faisaient danser les éclairages colorés de la ville en rendant les contours des maisons et des gratte-ciel indéfinis. Je regardai longuement dehors et la vie tout à coup me sembla là, juste là au milieu de ce petit appartement où mon père et Sofia s'affairaient à me préparer une collation. Il y avait quelque chose de tellement vivant, de tellement heureux dans ce minuscule appartement surplombant la tempête.

Au-dessus du lit, je remarquai une image d'un coucher de soleil sur ce que j'imaginai être la Méditerranée et une photo de gamins inconnus de moi qui devaient avoir été les enfants de Sofia. Et puis sur une dernière image, je vis mes sœurs, mon père et moi à Key West le 1er janvier 1969. Je me souvenais très bien du moment où cette photo que je n'avais jamais vue développée avait été prise. C'était au matin du premier jour de l'année. Nous nous étions réveillées, Alexia, Adriana et moi, dans notre petite chambre au bord de l'eau et mon père qui était dehors nous avait immédiatement invitées à le rejoindre. Il voulait que nous voyions la mer pour la nouvelle année. Il avait demandé à une voisine avec laquelle il avait entamé plus tôt une conversation de nous prendre en photo les pieds dans l'océan. Il nous avait souhaité à toutes les trois d'avoir une vie où nous pourrions apercevoir la mer tous les matins. Ainsi s'était déroulée l'existence de mon père à Alger et je savais déjà à l'époque combien sa jeunesse de garçon pauvre lui manquait. Il avait eu la mer. Il ne l'avait plus. Nous, nous ne l'avions jamais eue… Et mon père souhaitait simplement que ses filles puissent un jour ressentir ce grand bonheur qu'est la contemplation quotidienne des rivages bercés par les flots.

Je ne pus m'empêcher d'avoir envie de pleurer en m'arrêtant un instant sur cette photo prise à Key West, le premier matin du monde, en ce tout début de l'année 1969. Je songeai à combien la vie nous avait éloignés moi et mon père de ses rêves à lui. Je me détournai pourtant de mes souvenirs et tentai de ne pas quitter cet étrange présent dans lequel je me trouvais.

Sur le seul mur vraiment libre de l'appartement de Sofia et Vassili, des étagères de bibliothèque accueillaient des centaines de livres. Voyant que je dévorais de loin les titres des ouvrages, mon père me murmura à l'oreille que Sofia «avant» était biblio-thécaire. Sofia avait posé sur la tête de son petit homme une grande serviette blanche afin d'épon-ger l'eau neigeuse qui avait trempé tous ses cheveux et dont il n'arrivait pas à se débarrasser. Vassili avait rapidement improvisé avec le tissu en éponge un turban de fortune qui n'avait rien à envier à celui de Sindbad le marin, dont il me racontait les aventures lorsque j'étais enfant. J'aimais tout particulièrement l'épisode de la baleine que Sindbad prend pour une île, ou encore le récit des singes qui veulent manger Sindbad et son équipage. Pour se défendre, les ani-maux finissent par lancer des noix de coco aux hommes. Sindbad fait fortune en les ramassant toutes et en les vendant… Je trouvais Sindbad très malin. Combien je riais avec mon père quand il me mimait toutes ces histoires fabuleuses.

Mon père venait d'enfiler une robe de chambre, beaucoup trop grande pour lui. Une de ces robes de chambre épaisses, blanches, qu'il avait l'habitude de voler dans les hôtels et qu'il rapportait à toute la famille à ses retours de voyage. Le caractère cocasse de l'accoutrement de Vassili me fit sourire un ins-tant. Il avait quelque chose d'un sage, d'un fou ou d'une Ishtar travestie, encore aux Enfers. Tout à coup, je n'eus plus aucune inquiétude. Je me retrouvais tout simplement dans le monde de mon enfance. Mon père m'était enfin redonné.

Dans de petits verres jaunes aux arabesques dorées les décorant, Sofia nous servait déjà un délicieux café sur lequel mon père n'arrêtait pas de la complimenter. « Goûte-nous ça, Érina. Tu n'en bois pas souvent des cafés comme celui que Sofia me fait. Moi, je n'en avais jamais bu un aussi bon de ma vie. Il fallait que je sois mort pour connaître ce nectar. » Après avoir avalé goulûment le délicieux liquide que Sofia lui avait préparé avec amour, mon père attrapa sa compagne. Il lui fit une révérence anachronique, désuète, et se mit à la faire valser dans l'espace très réduit de l'appartement. Il chantait « L'heure exquise » de *La Veuve joyeuse* et Sofia et lui riaient très fort de ce choix si rigolo et des tours affolés que mon père leur faisait faire. La robe de chambre de papa semblait voltiger autour d'eux, les embrassant de son étoffe cotonneuse.

Je les regardais avidement. J'avais souvent vu mon père danser, mais jamais avec ma mère qui avait toujours refusé de lui accorder la moindre danse. Je me rappelais les fêtes de Noël ou du jour de l'An, où mon père entamait une bossa-nova ou se lançait dans un twist endiablé durant des heures avec sa sœur ou encore quelques amies de la famille. Petite, je rêvais de danser un jour avec mon père, mais ce temps-là n'était jamais venu. Le divorce avait eu lieu et mon père avait disparu. La vie n'avait même pas permis le bonheur le plus simple. Dans l'appartement de mon père mort, mon enfance me revenait précise, et tous les désirs que je n'avais pu réaliser étaient là à se trémousser, narquois, avec Sofia et Vassili. J'eus soudain envie de partir, mais je ne pouvais pas bouger de ma chaise. M'était-il seulement donné de quitter le temps et l'espace dans lesquels la rencontre, sur un trottoir du ghetto McGill un soir de grande tempête, avec mon père mort m'avait plongée? Quelque chose en moi cherchait malgré tout à rester là, à voir mon père heureux, encore une fois, comme avant.

Épuisés, mon père et Sofia, après avoir fait mille contorsions, tombèrent sur le lit. Ils se regardaient émerveillés de savoir encore bouger et danser, malgré le temps, la vieillesse et la mort. Ils ne pouvaient s'arrêter de pouffer de rire et de s'embrasser à qui mieux mieux. Ils étaient merveilleux.

Au bout d'un temps, mon père se leva pour mettre un disque. Il fallait faire la fête… Il avait un très vieux tourne-disque rouge et blanc, celui-là même sur lequel il écoutait Aznavour ou Moustaki dans notre salon de la rue Champagneur. Il fouilla sa collection de disques et fit jouer *La danse de Zorba* chantée par Dalida.

Cela faisait des décennies que je n'avais pas entendu l'aiguille d'un tourne-disque glisser sur la surface noire, brillante, d'un microsillon. Je ne me souvenais pas de ce bruit très caractéristique où le frottement des matières se fait toujours un peu entendre, en animant les voix. J'eus un frisson à l'idée que ce son si connu avait disparu pour toujours ou presque et qu'en écoutant ma musique sur mes MP3, j'avais tout simplement effacé à jamais les grincements joyeux de mon enfance. Les années cinquante, soixante et soixante-dix étaient devenues muettes. Mon père, voyant que je tremblais un peu, demanda à Sofia de sortir la bouteille de porto. Une fois n'est pas coutume et si sa fille Érina était là, il fallait l'amuser un peu et la distraire... En sortant les loukoums roses et verts, Sofia nous servit dans des verres profonds de grandes rasades d'une liqueur sirupeuse. Je n'étais pas sûre de boire vraiment du porto, mais la liqueur avait quelque chose de sucré et de réconfortant. « Ah, tu reprends un peu de tes couleurs, me lança mon père. Ton nez est moins rouge… et Sofia va te débarbouiller le visage. Tu as l'air d'une petite fille qui aurait pleuré trop longtemps. Et puis, tu ne manges pas assez… aux moindres intempéries, tu ne tiens pas le coup. C'est dommage que je ne sois plus de ce monde, je ne peux pas t'inviter souvent chez moi. Aujourd'hui est l'exception. Tu as besoin de te remplumer pour l'hiver. Tu ne sais toujours pas faire à manger, je suppose. »

Sofia avait attrapé un torchon et essayait tant bien que mal de faire réapparaître mes traits gercés en effaçant les restes de maquillage qui s'étaient étalés sur mon visage dur. Je fermai les yeux un instant et les rouvris vite pour constater combien la compagne de mon père savait prendre soin des êtres et des lieux. Vassili qui semblait deviner mes pensées me montra la bibliothèque en faisant un geste de sa tête tout enturbannée : « Tu vois ce que je lis maintenant ? C'est grâce à Sofia. »

Les livres de mon père m'avaient toujours fascinée. De son vivant, Vassili avait été un lecteur passionné, mais son manque d'instruction ne lui avait pas permis d'entrer en contact avec de grands textes. Quand il était allé vivre à nouveau avec ma mère, quelques années avant sa mort, il m'avait demandé à deux ou trois reprises de lui conseiller des auteurs. Un jour, alors qu'enfant j'avais une bonne note en français, il m'avait confié qu'il rêvait de devenir vieux. Il pourrait enfin devenir savant comme moi et s'adonner à la lecture. Insomniaque, il avait dévoré toute sa vie des romans policiers, surtout ceux de Simenon, de Gaston Leroux et d'Agatha Christie. Il aimait aussi beaucoup Françoise Sagan et espérait sincèrement qu'un jour je deviendrais une romancière comme elle et que, comme ses personnages, je connaîtrais l'amour... Mais mon père lisait surtout des essais politiques. Il adorait penser le monde et pouvait tenir de longs discours à ses frères ou à ses copains illettrés sur l'avenir géopolitique de la planète. Néanmoins, toutes ses pensées aboutissaient à une conclusion éclairée et pessimiste sur le sort de l'humanité : les riches continueraient à s'enrichir et les pauvres à s'appauvrir. Il n'y avait rien à faire devant l'inévitable. Et tout le monde autour de lui voyait cela comme une parole bien sage.

Sur les étagères de la petite bibliothèque de mon père, au vingt-neuvième étage de l'immeuble au coin des rues Sainte-Famille et Milton, les œuvres complètes de Dostoïevski côtoyaient celles de James Ellroy. Shakespeare narguait Sartre et Plutarque faisait de l'œil à Sénèque. En examinant la collection que mon père s'était donnée depuis sa mort, je ne pouvais être très étonnée. Vassili Papadopoulos réalisait enfin son rêve d'érudition, lui qui aurait tant voulu aller à l'université, mais qui n'avait fait que l'école primaire. Voilà que la mort lui faisait cadeau d'une éducation… L'au-delà pouvait-il donc être réparateur ?

Pendant que Sofia préparait un autre café, je m'assis à la table à manger couverte d'une nappe blanche où avaient été brodés des fils dorés. Mon père s'installa juste en face de moi. Il me prit la main et la serra très fort : « Tout cela doit te paraître bien étrange. Tu t'y habitueras. De toute façon, je ne te dérangerai pas encore des années… Oui, oui, je sais ce que je dis. Je suis dans une sorte d'entre-deux du temps. J'ai lu *Hamlet* récemment. Tu as vu la belle édition que j'ai là ! Tu en as sûrement une semblable… toute en cuir. Figure-toi que je n'avais jamais lu Shakespeare. Je n'avais pas osé. Oui, bien sûr, tu m'en avais touché un mot. Tu m'avais dit combien c'était intéressant, mais bon, je ne te croyais pas.

C'est comme ça… "Le temps est hors de ses gonds. Ô sort maudit / Qui veut que ce soit moi qui aie à le rétablir!" Spécialiste de Shakespeare, c'est bien ça, ma fille, ce que tu es devenue? Spécialiste de *Hamlet* en fait, non? J'aurais dû le lire et puis aussi te lire… Mais rappelle-toi, tu ne m'as même pas invité à ta soutenance de thèse. Tu avais honte de moi? J'étais à New York… Oui, oui. Mais si tu avais voulu, tu m'aurais trouvé. Écoute, on ne va pas se disputer à ce sujet. Laissons le passé là où il est. Il se trouve que les choses en seront mieux. Je veux bien me tenir responsable de tout. L'absence de culpabilité est nécessaire au bien-être des vivants et j'ai déjà pour toi un fardeau plus colossal… J'ai donc lu Shakespeare depuis ma mort et je me suis attardé à *Hamlet*. Tu te souviens, le temps est sorti de ses gonds. Le temps est hors de ses gonds.» Mon père s'était levé. Dans sa robe de chambre, il me jouait un drôle de *Hamlet*. Ma mère lui avait toujours dit qu'il aurait dû être comédien, et elle avait peut-être vu juste à travers ses sarcasmes. Vassili récitait en anglais avec un fort accent pied-noir la scène 5 de l'acte I et prenait des poses de tragédienne en turban:

« Let us go in together,
And still your fingers on your lips, I pray.
The time is out of joint — O cursed spite,
That ever I was born to set it right!
Nay, come, let's go together. »

Tout à coup, il s'arrêta et salua le petit public que Sofia et moi formions. Sa Sofia l'applaudit très fort. Je me joignis à elle de bon cœur. Elle allait l'embrasser, quand mon père se dirigea vers moi, me serra très fort dans ses bras. C'était la première fois que mon père avait un geste aussi violemment affectueux depuis que je l'avais sauvé de la déneigeuse. En fait, il m'avait prise dans ses bras deux semaines avant sa mort. J'étais allée le voir pour lui dire que je partais pour Paris, une petite semaine. Je ne pensais pas qu'il irait mal, mais par superstition, je lui avais dit : « Si tu vas plus mal, attends-moi. Je reviens. Attends-moi, d'accord ? » J'étais revenue le samedi soir tard. Le dimanche matin, il tombait malade. Je ne l'ai pas revu éveillé. Dans les mois qui suivirent sa mort, je pensais souvent à cette dernière fois où il m'avait prise dans ses bras. J'avais voulu imprimer ce moment dans ma mémoire et, la nuit, je tentais de me remémorer tous les derniers instants où j'avais vu mon père présent et heureux de vivre. La vie ou la mort me permettait d'être encore dans les bras de mon père. Je ne boudai pas mon plaisir. Après tout, je n'avais plus rien à reprocher à mon père et surtout pas sa folie, son impétuosité ou son affection. Il était mort maintenant. Il pouvait bien agir comme il l'entendait. Je n'avais plus à me protéger de lui ni à me prémunir contre d'éventuelles déceptions. Au bout d'un temps, il desserra son étreinte et reprit le discours qu'il voulait absolument me tenir : «Le temps est hors de ses gonds... Tu as écrit deux chapitres de ta thèse sur cette idée de *"out of joint"*. Je me suis décidé à te lire. Tu as de l'imagination, c'est certain ! Cela doit être la science, non ? Mais le temps est pour toi, depuis que tu m'as croisé tout à l'heure dans la tempête, sorti de ses gonds, non ? Enfin tu comprends le sens de ce qui a été écrit par Shakespeare. Et dire qu'il fallait que ce soit moi, ton père sans instruction, qui te l'apprenne... C'est ironique non ? Depuis ma mort à moi, j'ai aussi cette impression-là. On aimerait Sofia et moi le garder ainsi déboîté, le temps. Mais rien n'est simple dans ce monde ou dans l'autre et surtout pas pour les morts, je t'assure. Tu sais mieux que moi pour quelles raisons le père de Hamlet revient sur terre pour hanter son fils. Il veut que son descendant le venge de sa mort. Tu connais mieux que quiconque la suite de toute cette histoire embrouillée et tu te rappelles bien sûr combien il est difficile pour Hamlet d'accomplir ses devoirs de fils. Érina, je ne te demande pas vengeance. Mes ennemis, je les ai éliminés ou mes frères s'en sont chargés. De toute façon, je n'en avais guère. Malgré tout, on a beau dire, j'étais un homme peu belli-queux. J'ai toujours cherché à faire plaisir à tout le monde. Tu as beau penser le contraire, tu as tort. Je suis mort de vieillesse, de maladie et personne n'est responsable de ma fin. Non, ta tâche sera plus simple que celle qui incombait à ton Hamlet… Ta mère a monté le bourrichon à tes sœurs. Elles ont accepté la chose sans réfléchir. Toi, bien sûr, tu n'as même pas tenté de te mêler de cela. Tu m'en veux encore pour le passé et puis aussi tu n'as pas accepté que j'aie décidé de retourner vivre avec ta mère. Tu t'es dit : qu'il se démerde ! Mais là, tu vas devoir m'aider. Je ne peux pas faire cela tout seul. J'ai besoin de toi et de ta discrétion. Écoute, tu vas bientôt comprendre… Je dis tout cela ouvertement. Je n'ai aucun secret pour Sofia. Elle connaît déjà ce que je vais te dire. Tu peux être à l'aise.

Le froid est violent ici. Il ne fait pas bon être dehors durant les tempêtes et quand les vents s'engouffrent en nous comme le fait la mort. De décembre à avril, le cimetière où mes cendres sont inhumées est balayé par le blizzard. Personne ne visite les tombes l'hiver dans ce pays. Et l'été… Je ne te fais pas de reproches, mais tu n'es pas venue voir mon tombeau depuis l'inhumation, et ta mère et tes sœurs ne se sont pas déplacées beaucoup plus souvent que toi. Où est-ce que je veux en venir ? Tu te rappelles que ta mère a disposé de mon corps. Elle a décidé de me faire incinérer. Et avec cela, j'étais bien d'accord. La crémation m'a toujours semblé la chose à faire avec les morts. Mais elle m'a mis au cimetière, là-haut sur la montagne, contre ma volonté. Elle m'a foutu sous une grande dalle noire, très triste, très funèbre. Si Moshe était encore vivant, il m'aurait fait au moins quelque chose de joli. Ta mère se croit chic ainsi avec son marbre. Elle a payé pour une sépulture et elle croit que je vais rester là. Mais je suis fondamentalement nomade. Je me vois mal là pour l'éternité. Montréal, c'était bien, mais cette ville ne peut constituer la fin de mon voyage. Alors, écoute, tu vas aller me déter-rer… Pas durant l'hiver, non, non… la terre est gelée… C'est impossible… Mais je t'assure que ce sera mon dernier hiver dans ce cimetière. Tu vas être obligée d'aller chercher mes cendres, et d'en prendre soin. Je ne veux pas que mes restes demeurent là, compris? Je ne veux pas que ta mère vienne me rejoindre un jour… La mort, ce n'est pas comme cela. On ne trouve pas son port d'attache. Comme durant la vie, on est condamnés à errer. Donc, au mois de juin, au solstice d'été, quand le jour sera très long, tu feras ce qui doit être fait. À minuit, tu iras au cimetière, et je serai là pour que nous exécutions mon plan ensemble. Je te fais confiance, ma fille. Tu comprends bien que ce cimetière sordide et cette pierre tombale macabre, ce n'est pas pour Vassili Papadopoulos. Mais pas du tout. Je ne suis pas un homme des cimetières, moi… Donc, tu vas aller me chercher là-bas et plus tard, tu trouveras comment disposer de moi. Je ne suis pas inquiet… Tu trouveras… Je te laisse penser à tout cela un instant. Après tout, "le ver luisant n'annonce pas encore que le matin est proche". Prends un dernier petit verre de porto et tu partiras. Et puis, on se reverra en juin, le 23, à minuit, au cimetière… Il fera beau, plus beau qu'aujourd'hui. Quand je pense à ce que ta mère m'a fait… Bon, il ne faut surtout pas qu'elle se doute de ce que nous préparons. Je ne veux pas qu'elle le sache. Jamais! Elle ira se recueillir sur ma tombe vide… Quand elle trouvera le temps d'y aller! On ne dit rien à personne. C'est plus drôle comme cela, il y a des lois idiotes contre ça… Donc, on n'en parle pas… Pas même à ma famille. Je n'ai confiance qu'en toi. Tu comprends mieux *Hamlet*, maintenant?

Bon, allez, finissons la soirée légèrement, comme nous l'avons commencée. Il faut retrouver notre insouciance… Avale ton porto… Sofia et moi allons danser encore un peu. Après tu pourras partir. Tu seras reposée. »

Pendant que je sirotais mon porto, abasourdie, et que Sofia et Vassili s'étaient remis à faire quelques pas de danse avant de se lancer dans un tango, je me dis simplement que j'avais pas mal de temps pour accepter ou refuser l'offre folle de mon père. Les tourments de Hamlet semblaient bien loin de moi. Je regardais danser mon père et sa vieille compagne et, au son de la voix paternelle qui chantonnait en valsant, je m'endormis doucement, comme une gamine heureuse. Quand je me réveillai, Vassili et Sofia étaient allongés l'un à côté de l'autre dans leur lit. Sofia dormait, tandis que mon père me saluait en souriant. Le soleil s'était levé sur Montréal. Une journée froide et lumineuse venait de naître.

Mon père me fit un petit signe muet. Il me demandait de partir sans faire de bruit. Je vis aussi qu'il prononçait de façon inaudible : « En juin, alors… » Oui, lui fis-je de la tête. « Oui, en juin », dis-je tout bas… Je ramassai mon manteau, mon bonnet et mes gants et décidai de retourner chez moi. J'avais besoin de me retrouver seule, d'oublier la tempête, la folie de l'hiver et de la mort. Sans faire de bruit, je pris congé de Vassili et de Sofia. Je montai bien vite dans l'ascenseur de l'immeuble qui me déposa devant les trottoirs glacés. Je dévalai la rue Milton jusque chez moi. J'avais hâte de mettre les clés dans la porte de ma maison et de revenir dans un présent bête, sans épaisseur. Je désirais plus que tout me perdre dans une série d'émissions de télévision qui avaient pour décor Miami, des tueurs en série et des palmiers. Toute la journée, je ne verrais que des cieux bleus, la mer azur et les yeux pervenche d'un policier en maillot de bain. La mort était bien loin de moi. Je devais tout oublier.

FLORENCE
1966

À l'intérieur de la Renault rouge que nous avions louée à l'aéroport de Paris, j'entendais très distinctement les bruits stridents des klaxons excités derrière nous. Mon père était à l'intérieur de l'hôtel, en train de baratiner les réceptionnistes pour qu'ils nous trouvent une chambre et il avait laissé la voiture obstruer la minuscule rue florentine qui passait devant l'hôtel. Nous n'avions pas fait de réservation pour une chambre et la ville entière semblait ne plus avoir de lits libres. Nous tournions et retournions dans le quartier depuis bientôt deux heures.

Mon père ne prenait même plus le temps de garer la voiture. Dès qu'il voyait l'enseigne d'un hôtel, il freinait précipitamment, sortait en laissant la portière ouverte et ses clignotants allumés et revenait au bout de cinq à six minutes bredouille, ne se privant pas de faire des bras d'honneur à répétition aux automobilistes derrière nous qui l'invectivaient copieusement en italien. Mais là, dans la petite rue à une voie, mon père ne revenait pas. Ma mère au bord de la crise de larmes se disait que c'était bon signe. Il était plus de onze heures du soir et nous étions tous claqués par le voyage qui nous avait amenés du val d'Aoste à Florence. Les jumelles, toutes petites, et moi étions affamées et assoiffées.

J'avais été éblouie par les Alpes, les précipices et le tunnel du Mont-Blanc qui me semblait infini et tellement plus long que le tunnel Hippolyte-Lafontaine à Montréal que nous traversions régulièrement depuis six mois pour aller chez ma tante et mon oncle à Saint-Hubert. J'avais acheté dans une boutique pour touristes, attenante à un resto, une petite poupée vêtue de l'habit traditionnel de la Savoie et je la tenais fermement contre moi. Le matin, j'avais pu admirer de la fenêtre de notre chambre le soleil se lever paresseusement derrière les montagnes. La chambre d'Aoste avait été douce, faite en bois rond. Elle me rappelait vaguement les chalets québécois que je ne connaissais pas, mais dont j'avais vu des images à la télévision, surtout dans les publicités. Mes parents ne voyageaient jamais à travers le Québec. Nous allions aux États-Unis ou en Europe. En fait, nous ne traversâmes qu'une seule fois l'Atlantique avec mon père. J'avais six ans. C'est à cette époque que nous fîmes un périple de cinq semaines en France, en Suisse et en Italie, dans la Renault rouge louée à l'aéroport de Paris et c'est à cette même époque qu'il laissa la voiture dans la rue minuscule de Florence pour revenir quinze minutes plus tard en nous annonçant par de grands mouvements de tête que sa mission avait réussi : nous avions un lieu pour nous reposer.

Mon père cette année-là avait un peu d'argent. Il travaillait dans une compagnie de cartes géographiques et donnait des pots-de-vin à des sous-ministres pour obtenir des contrats officiels du gouvernement du Québec et du Canada. Il avait donc décidé de nous offrir des vacances en Europe et de partir avec ma mère qui avait l'habitude de voyager seule avec ses enfants, pour se rendre dans sa famille à Paris et à Caen.

Mon père était en train de sortir de l'hôtel à Florence, je le voyais pousser les portes vitrées triomphant pour aller à notre rencontre. Il nous faisait des gestes qui confirmaient sa victoire sur les réceptionnistes, quand un grand et gros Italien patibulaire, qui était juste derrière nous dans la file de voitures, se mit au volant de notre Renault et sous nos yeux médusés démarra avec nous dedans. Il roula trois ou quatre minutes pour nous laisser au milieu d'un carrefour où se trouvait un policier.

Mon père ne s'était pas dégonflé. Voyant le type monter dans sa Renault et emporter au loin sa famille, il n'avait fait ni une ni deux et s'était engouffré dans la bagnole du type qui lui aussi avait laissé son moteur tourner et ses clés dans le contact. Mon père nous suivait donc dans la Fiat de l'Italien excédé. Ma mère criait en français au type d'arrêter la Renault immédiatement, et nous, les filles, nous pleurions très fort sur la banquette arrière, terrifiées à l'idée d'être enlevées par un inconnu. Je me retournais vers la vitre arrière pour tenter de voir le visage de mon père. Cette entreprise n'était pas aisée puisque le coffre débordait de tous les objets que nous avions achetés le long du périple et que nous voulions rapporter chez nous, comme un butin. Cependant, à travers la montagne de bagages, je crus apercevoir mon père qui me souriait dans la voiture de l'Italien et me faisait des signes rassurants. Le type mit un temps pour se rendre compte que mon père était juste derrière lui et c'est peut-être quand il constata ce fait qu'il arrêta la Renault au milieu du carrefour et se jeta hors de l'habitacle de l'automobile pour se précipiter sur mon père et le cogner. Mais le policier qui était là au carrefour se lança sur son compatriote. Il ne comprenait visiblement rien à la scène, mais il saisit vite qu'il était de son devoir d'empêcher une bataille qui aurait pu être mémorable et gênante pour Florence et le tourisme. En effet, mon père adorait se battre et comme il était un petit homme, il ne refusait jamais de se mesurer à des malabars pour montrer sa force et son courage.

Pendant plus d'une heure, le policier essaya de démêler l'affaire. L'Italien costaud avait pour lui l'avantage de la langue, mais mon père avait du bagout et il se débrouillait bien en italien. Il l'avait appris en faisant des affaires avec ses amis mafieux de Saint-Léonard.

Au bout d'une heure, nous pûmes donc quitter le carrefour et le policier. Mon père s'était réconcilié avec le gros Italien et nous allions dormir chez lui. La chambre d'hôtel devait être prise, depuis le temps que le policier les interrogeait… Et de toute façon, elle était un peu chère pour nous. L'Italien costaud nous proposait de le suivre dans sa maison à l'extérieur de la ville où il gérait des chambres d'hôte. Il nous faisait un bon prix. Maintenant que mon père et lui s'étaient expliqués et compris, ils se comportaient comme deux vieux amis qui auraient fait les quatre cents coups ensemble dans leur jeunesse.

La Fiat nous dépassa donc au carrefour, le policier nous fit à tous un signe de la main bienveillant et nous prîmes la route de la campagne. Quarante minutes plus tard, nous étions dans la cour d'une petite mais très jolie propriété toscane. La fille de Gabriele, l'Italien costaud, nous donna à manger et à boire dans de grosses assiettes et des verres en terre cuite. Nous montâmes nous coucher dans des draps frais et doux, tandis que mon père passait la nuit à discuter et à boire du vin rouge avec l'Italien costaud qui rêvait d'immigrer en Amérique et qui déjà était installé par mon père dans le duplex à côté du nôtre. Il prendrait la place du frère de mon père qui, de toute façon, avec ses six enfants rêvait de s'installer plus loin. Tout était donc arrangé.

Ma mère au début s'était méfiée de Gabriele qui nous avait kidnappées à onze heures du soir à Florence. Mais très vite, elle s'enticha de lui. Il avait en fait quelque chose de mon père. Impétueux, vif et roublard, il savait parler aux femmes. Ma mère battait des cils devant celui qu'elle appela rapidement « Gabriele » en roucoulant. Elle s'essaya même à baragouiner quelques mots en italien pour pouvoir parler avec le gros costaud et sa petite famille.

Nous restâmes plus longtemps que prévu autour de Florence. Nous ne vîmes ni Rome ni Naples, comme nous l'avions projeté. En revanche, Gabriele nous fit découvrir la Toscane, et son épouse Marcella et sa fille Giovanna, qui se ressemblaient tant, nous permirent de découvrir un peu la ville, entre femmes.

Mon père, pour se faire pardonner Rome et Naples que ma mère avait toujours rêvé de visiter et qu'elle ne verrait jamais, acheta au marché de Florence un bracelet en or à sa femme. Il discuta longtemps le prix de l'objet. Son ami Gabriele l'aida à obtenir une bague en prime que mon père offrit à Marcella. C'est là que mon père et son copain eurent l'idée de se lancer en Amérique dans l'importation d'or. Il fallait que l'Italien costaud vienne, dans les prochains mois, avec ses valises pleines de bijoux. Il commencerait son installation au « Canada » en faisant des allers et retours Florence-Montréal. Mon père trépignait d'impatience à l'idée de démarrer cette affaire. Il quitterait son travail et enverrait promener les sous-ministres et tout le personnel des gouvernements québécois et canadien…

Après plusieurs jours, nous quittâmes à regret la région. Mon père fit ses adieux à ce coin de pays en tenant longtemps son ami, la femme de celui-ci et leur fille dans les bras. Il donna même une tape amicale au chien, lui qui détestait les animaux. Mes parents prirent la route de la Riviera. Ils étaient au désespoir de laisser derrière eux de tels amis, mais convaincus d'être bientôt à nouveau réunis avec leur « vraie famille » à Montréal.

Le soir, nous nous arrêtâmes à Beaulieu-sur-Mer dans un hôtel de luxe. Mon père savait maintenant que la fortune l'attendait au coin de la rue. Son gros ami italien et lui feraient des affaires d'or. Il faut dire aussi que nous étions restés à l'œil chez Gabriele et Marcella. Gabriele avait refusé le moindre sou, même quand mon père avait fait mine à la fin du séjour qui s'était éternisé de sortir son portefeuille. Mon père tenait à ce que nous fêtions tout cela et ce soir-là, dans notre chambre qui avait une vue et un balcon donnant sur la mer, il commanda du champagne et des plats de foie gras.

Le lendemain, nous nous retrouvions à Monte-Carlo où mon père allait jouer un peu au craps en nous laissant toutes les quatre dans un parc où d'immenses balançoires oscillaient au-dessus de magnifiques résédas. Il revint la mine joyeuse. Il avait gagné des sous ou, en tout cas, faisait semblant d'avoir eu de la chance.

Nous fîmes une halte à Nice pour dire bonjour à un ami d'un ami de mon père. Le type travaillait dans un bar. Nous dûmes aller le rejoindre après son travail au petit matin. Mon père lui apportait un gros paquet de la part de Frank. Le type avait l'air de comprendre. Enfin nous passâmes quelques jours à Marseille, chez les oncles de mon père qui avaient émigré en France. Les oncles de mon père, Georges et Spyros, vivaient dans une banlieue de Marseille avec leurs femmes, leurs enfants et leurs petits-enfants, leur mère qui avait quatre-vingt-seize ans et qui n'avait pas appris un mot de français depuis l'émigration.

J'étais très heureuse de me découvrir des petits cousins marseillais de mon âge, mais je restais quand même surprise de faire la connaissance de la grand-mère maternelle de mon père. Je connaissais bien la famille de mon père, la famille du côté de son père à lui qui vivait à Montréal et, pour certains, juste à quelques maisons de chez nous. Mais je connaissais peu de choses de la mère de mon père qui était morte quand il avait quinze ans et qui avait donc des frères et une mère très âgée, mais encore vivante.

Yaya, la vieille dame, ne mangeait pas avec nous à table. Pour elle, les femmes ne devaient pas s'asseoir pendant le repas des hommes. Elles ne partageaient pas l'espace domestique avec les mâles. Elle resta à la cuisine pendant les quatre jours de notre visite. Elle priait avec un chapelet vert composé de grosses boules en bois. Quand j'allais la voir, elle me disait quelques mots en grec et semblait oublier que je ne pouvais pas la comprendre. La plupart du temps, elle méditait, sans parler, sur une chaise très basse posée entre le réfrigérateur et la grande cheminée. Ses mains osseuses, petites, se posaient sur ma tête affectueusement et elle dessinait sur mon front le signe de croix plusieurs fois par jour. Elle avait perdu une bonne partie de ses dents et, le matin, je la surprenais sans son dentier. Sa bouche affaissée lui donnait un air à la fois comique et tragique.

Dès qu'il se retrouvait seul avec Yaya, mon père ne faisait que pleurer dans ses bras. Il était inconsolable. Sa grand-mère lui rappelait sa mère, Érina, dont il n'avait jamais accepté la mort. Dans son portefeuille, une photo de sa mère et de lui tout petit émergeait chaque fois qu'il devait payer quelque chose. Yaya non seulement avait perdu sa fille, mais aussi deux autres fils, chercheurs d'éponges à Rhodes, qui étaient morts noyés dans leur scaphandre en 1935 et que mon père n'avait pas vraiment connus. Elle avait de quoi être mélancolique et elle l'était. J'étais bouleversée de voir mon père aussi triste. Jamais je ne l'avais vu pleurer très longtemps. Mais là, il ne s'arrêtait plus.

Un soir, alors qu'il versait de grosses larmes avec sa Yaya, il m'attrapa par le bras. J'apportais les assiettes sales à la cuisine, mais il déposa mon fardeau par terre et me força à m'asseoir sur ses genoux. Sa grand-mère lui confirma d'un mouvement de tête que je ressemblais de façon étonnante à sa fille à elle, Érina-la-morte. Mon père raconta alors qu'Érina lui était apparue la nuit de ma naissance pour lui annoncer qu'une fille était née. J'étais comme ma grand-mère et c'est pour cela qu'il m'aimait tant. Yaya secouait la tête en signe d'approbation.

À Marseille nous visitâmes la cathédrale Notre-Dame-de-la-Garde où mon père contre toute attente alla allumer quelques lampions. De loin nous aperçûmes les lieux que hantait la présence fictive du comte de Monte-Cristo, dont je lus les exploits plus tard, poussée par mon père. Le mistral était fort sur les remparts de la ville. Il n'arrêtait pas de souffler et mon père disait à son oncle en souriant et en pointant du doigt la Méditerranée qu'Alger était tout juste de l'autre côté, qu'il faudrait bien un jour aller tous là-bas nous recueillir sur le tombeau d'Érina.

Un matin, sans prévenir, nous prîmes l'autoroute pour Paris. Mon père était fatigué de sa famille et de tous les souvenirs qui se pressaient dans sa tête. Nous devions prendre l'avion quelques jours plus tard, mais il avait changé les billets à l'agence de voyages à Marseille. Il avait décidé de retourner plus tôt à Montréal. Il fallait se remettre au boulot. La voiture était pleine de trésors achetés le long du chemin : un ensemble de porcelaine de Limoges où nous avions fait halte, trois tables à café florentines, dix lampes Berger, un buste en bronze qui représentait Napoléon et qui avait été acheté près du Louvre, des flacons de parfum de Grasse, de chez Molinard, des poupées savoyardes, un vase de Marseille, une tête de David marchandée dans une boutique kitsch de Florence.

À l'aéroport, mon père demanda à trois hommes qui voyageaient en classe affaires et qui n'avaient qu'une toute petite valise de prendre une part de notre récolte européenne, afin que nous puissions éviter les frais de bagage. Les hommes en cravate et costume ne surent résister à mon père.

Dès qu'elle monta dans le Boeing 707 qui nous ramenait en Amérique, ma mère fut prise de vertiges. Elle ne voulait plus quitter l'Europe. Une hôtesse de l'air l'installa en première classe afin de pouvoir s'occuper d'elle. Pour se calmer, ma mère avala des comprimés de Valium que son cousin, pharmacien à Paris, lui avait refilés. Elle s'endormit vite. Je ne la revis qu'à l'aéroport de Dorval où elle avait été sortie de l'avion en fauteuil roulant.

Un ami de mon père, chauffeur de taxi à ses heures et homme de main à celles de mon père, nous attendait nous et nos bagages à l'aéroport… Je fus contente de retrouver ma ville, mes habitudes et de présenter mes nouvelles poupées à celles que j'avais laissées quatre semaines plus tôt.

Nous ne revîmes jamais le grand et gros ami italien de mon père. Je ne sus pas ce qui s'était passé. Il avait rencontré peut-être des Australiens un soir à Florence et était parti faire des affaires avec eux à Sydney ou peut-être était-il simplement comme mon père. Les récits fictifs et les châteaux en Espagne, au Canada ou de par le monde lui suffisaient.

ALGER

1948

Depuis plusieurs semaines, Anastasios, le dernier pensionnaire à s'être installé dans la chambre du fond, avait laissé entendre que la boîte où il travaillait comme employé de bureau cherchait un garçon pour faire les courses, passer le balai, aider les commis, transporter les colis et transmettre les messages d'un service à l'autre. Or, voilà qu'un soir de mai 1948 Anastasios rentrait à l'appartement de l'avenue Gandillot en annonçant joyeux que oui, ça y était, sa compagnie cherchait officiellement un garçon à tout faire. Il venait de parler de Vassili à ses patrons en des termes plus qu'élogieux et ceux-ci tenaient absolument à rencontrer le jeune homme.

Vassili devait travailler. L'argent se faisait de plus en plus rare pour sa famille. Souvent, il revenait bredouille de ses visites au consulat où le paternel devait avoir envoyé les sous. Or, les officiels affirmaient ne rien avoir reçu. On devait demander de l'argent aux voisins de palier, monsieur et madame Duhamel, qui depuis des années veillaient sur Érina et sa famille, mais qui ne roulaient tout de même pas sur l'or. Il fallait que quelqu'un rapporte un salaire à la maisonnée et cette tâche incombait naturellement à l'aîné de la famille, Vassili.

Tout enfant, quand les sous manquaient, Vassili allait voler du lait et quelques victuailles pour sa mère dans la Casbah. Qu'il aimait aller se promener là! C'était une vraie caverne d'Ali Baba. Il avait failli se faire attraper très souvent, mais le petit Vassiliou avait du courage, il courait vite et c'était, selon les dires de tous les habitants du quartier où il habitait, un fameux débrouillard qui savait gagner une pièce, mine de rien, en rendant de menus services. Mais maintenant, il ne s'agissait plus d'aller chaparder quelques fruits ou du pain ou encore de porter les paquets de mademoiselle Bériault, pour assurer les fins de mois. Il fallait un vrai salaire pour toute la famille. Manos, depuis la fin de la guerre, abandonnait par intermittence sa femme et ses enfants à leur sort. Son navire avait été torpillé en

1943 ; il avait passé douze heures dans les eaux froides pas loin de Terre-Neuve en attendant les secours et apparemment il ne s'en était pas remis. Il avait eu comme un choc ou encore une révélation. On ne savait pas bien les détails de sa vie. Après 1945, il s'était retrouvé en Australie, chez de vagues cousins émigrés, sans penser trop à sa petite famille qu'il avait peu vue dans les dernières années. Seuls les frères d'Érina, Georges et Spyridon, qui avaient immigré à Marseille avec leur mère, envoyaient régulièrement de l'argent. Ils espéraient faire venir tout le monde en France, réunir toute la famille, mais la santé d'Érina ne permettait pas de penser à un grand déménagement pour bientôt.

En 1942, on avait diagnostiqué à la mère de Vassili une maladie incurable du rein. Depuis cinq ans, elle devait faire des séjours fréquents et longs à l'hôpital Mustapha-Pacha. Et puis, Érina attendait secrètement le retour de Manos qui ne supporterait pas qu'elle ait quitté l'Algérie pour vivre avec ses frères. Son Manos reviendrait un jour et elle devait être là pour l'accueillir. C'était ainsi. La voisine de palier, madame Duhamel, veillait souvent sur les cinq petits Papadopoulos. Cela lui faisait mal au cœur de voir les enfants ainsi laissés à eux-mêmes et les gamins s'entendaient comme larrons en foire avec sa grande Pierrette et son petit Jean. Mais comme Élisabeth Duhamel n'était tout de même pas le Bon Samaritain et qu'il ne fallait pas exagérer avec la charité, les gamins d'Érina se retrouvaient de temps à autre à l'orphelinat des Sœurs de Saint-Vincent-de-Paul… Là, Vassili était puni tous les matins pour avoir fait pipi au lit et il tremblait de peur que l'on vienne le chercher pour lui annoncer la mort de sa mère. Il tentait de rendre visite régulièrement à celle-ci et il lui apportait quelque douceur qu'il volait. Mais à cause de son énurésie, il se retrouvait souvent privé de sortie.

Jusqu'à présent, Érina était revenue auprès de ses enfants qui maintenant se débrouillaient en arabe, parlaient et écrivaient le français. Elle était très fière d'eux. Les petits aidaient leur mère à faire les démarches auprès de l'État français et du gouvernement grec pour se procurer le nécessaire. En fait, Érina n'arrivait toujours pas à bavarder en français, ce qui rendait ses séjours à l'hôpital extrêmement compliqués. À Mustapha-Pacha, les médecins et les infirmières avaient beau lui faire des signes, elle ne comprenait pas ce qui se passait. Quand elle n'était pas trop malade, elle sortait peu de son appartement de l'avenue Gandillot. Avec tous les enfants, elle avait de quoi s'occuper.

Vassili ne pouvait guérir sa mère. Le médecin le lui avait annoncé un jour, à lui l'aîné, le chef de famille. Érina ne ferait pas de vieux os. Et il devait faire attention, parce que lui aussi mourrait un jour de cette maladie mystérieuse, héréditaire, propre aux peuples de la Méditerranée. Depuis, Vassili priait le Bon Dieu, comme les Sœurs de Saint-Vincent-de-Paul lui avaient appris à le faire. Il s'agenouillait chaque soir devant son lit et suppliait le ciel de toutes ses forces de préserver sa famille. Il lui arrivait aussi dans ses courses et promenades à travers la ville d'aller à la cathédrale Notre-Dame-d'Afrique, de se planter solennellement devant une statue de la Vierge. Vassili implorait Marie de ne pas faire mourir sa mère. Érina n'avait donné aucune éducation religieuse à ses enfants. Les Sœurs de Saint-Vincent-de-Paul avaient profité de cette absence manifeste de tradition pour tenter de faire des enfants Papadopoulos de bons petits catholiques. Ce n'était pas facile: l'aîné des enfants était un entêté qui donnait le mauvais exemple. Néanmoins, durant les moments de grande inquiétude, Vassili faisait comme on lui avait montré à l'orphelinat, il priait la Vierge des pieds-noirs et le petit Jésus de tout le monde. Qu'avait-il fait pour que sa mère soit malade? De quel crime Dieu les punissait-il? Le curé au catéchisme lui avait dit que le Bon Dieu punissait les méchants. De quoi s'agissait-il? Ce n'était tout simplement pas vrai... Il fallait être idiot pour ne pas s'en rendre compte. Érina était la meilleure des mères et elle ne faisait que du bien autour d'elle. Petit, Vassili ne comprenait pas très bien le sens de la foi qu'on lui inculquait. Il avait du mal à cacher ses doutes, mais en grandissant, il ne croyait pas du tout aux balivernes des sœurs et du curé. Même s'il montait à genoux les marches de la basilique, il n'avait pas foi en Dieu. Il continuait à se soumettre à des rites, par pure superstition. Il lui fallait simplement des sous: de quoi payer à sa mère les choses dont elle avait besoin pour aller mieux et pour ne pas s'inquiéter sans cesse du bien-être de ses enfants.

Le travail dont avait parlé le pensionnaire Anastasios avec lequel Vassili allait jouer au foot sur la plage et apprenait à draguer les demoiselles dans la ville le dimanche après-midi tombait à point. Anastasios était allé avec Vassili acheter un costume à culotte courte dans une petite boutique d'Alger pour que le tout jeune homme puisse se présenter à son entrevue. Vassili n'était pas peu fier de son nouvel habit. Il souriait aux anges en revenant chez lui, le costume sur le dos. Vassili était un petit malin et il parlait bien aux femmes comme aux hommes. Tout le monde allait l'aimer au boulot. Et puis pour un beau garçon comme lui, les secrétaires roucouleraient. Elles feraient la queue en espérant aller danser le dimanche avec lui. La belle Érina aurait de quoi manger à sa faim. Bien sûr, Vassili devait quitter l'école pour faire le chef de famille. Il ne pourrait jamais faire son droit, comme il en rêvait depuis quelques années. Son voisin, monsieur Duhamel, que Vassili admirait tant et qui travaillait à la grande poste d'Alger, avait un ami avocat, riche comme Crésus, qui venait même de s'acheter une berline Renault Juvaquatre en défendant apparemment de justes causes et des pieds-noirs très aisés. Vassili était monté dans la berline du juriste qui lui avait fait faire le tour du quartier, il avait été tout simplement épaté… Il aurait un jour une bagnole aussi jolie. Les gens se retourneraient sur son passage. De toute façon, il fallait se rendre à l'évidence : Vassili ne pourrait jamais aller à l'université. Monsieur Duhamel lui répétait souvent que, avec beaucoup de chance, il deviendrait employé de bureau, petit commerçant ou encore, s'il tournait mal, il ferait un trafic plus ou moins honnête près du port, grâce auquel il vivoterait. Pour Vassili, l'avenir ne pouvait passer par les études. Son milieu ne lui permettait pas de tels espoirs. Il ne sortirait pas de l'école bardé de diplômes et d'honneurs. Il venait d'une famille pauvre, sans éducation, et de cette ignorance on ne se débarrasse qu'au bout de quelques générations.

Dans son for intérieur, Vassili se rebellait contre ce sort de misérable que tout le monde lui prédisait. Il savait bien qu'il ferait fortune un jour et que tout le monde l'admirerait. Mais il sentait confusément qu'en effet l'école n'était pas pour lui. Sa petite sœur, ses enfants ou ses petits-enfants feraient éventuellement de longues études, seraient de grands savants, mais pour ce futur-là comme pour le bienêtre de sa mère, il devait sacrifier quelques rêves immédiats. Le travail de garçon coursier lui donnerait l'occasion de connaître des gens et, très vite, il gravirait des échelons dans la boîte. Le dimanche, il pourrait faire le petit monsieur dans les rues de la cité et il veillerait tous les jours sur le confort de sa mère.

Oui, Vassili devait avoir cet emploi dans la compagnie d'Anastasios. Il se préparait à rencontrer son destin d'homme. La chance allait lui sourire.

MONTRÉAL
Juin 2013

Il était à peine minuit quand j'arrivai à la porte du cimetière devant l'entrée modeste du chemin de la Remembrance. C'était une belle nuit de la fin juin. Les arbres étaient en fleurs. Les pivoines lourdes de leurs couleurs éclosaient dans l'air de Montréal et embaumaient les jardins de leur parfum éphémère. Cette année, l'hiver s'était attardé sur la ville et puis tout à coup, vers la mi-mai, le printemps avait éclaté. La terre semblait exploser d'une vie qu'elle avait dû contenir trop longtemps. Le sol avait dégelé extrêmement rapidement, la sève s'était précipitée dans les arbres, et l'herbe s'était mise à rugir sur les parterres de la ville. En quelques jours, les terrasses des cafés avaient retrouvé leur entrain, les bermudas avaient surgi et les jupes raccourci. Montréal avait abandonné sa mélancolie hivernale et s'était vite maquillée en fille du Sud légère et court vêtue.

Je venais de traverser l'épaisseur tiède de cette nuit de juin. Pour aller au rendez-vous que mon père m'avait fixé quelque cinq mois plus tôt, il avait fallu que j'emprunte le chemin qui mène en haut de la montagne. Ma voiture avait doucement grimpé l'immense côte qui part de l'avenue du Mont-Royal, puis roulé devant le belvédère d'où les touristes curieux et les amoureux exaltés contemplent la ville. Elle s'était ensuite engouffrée à travers des formations de roches rouges sédimentaires qui laissent vite leur place sur la droite au premier cimetière de la montagne. Enfin, après avoir dépassé les légendaires écuries de la Gendarmerie royale du Canada, la voiture s'était gentiment arrêtée devant les portes latérales du deuxième cimetière du haut du mont Royal. Là, les cendres de mon père avaient été enfouies un an plus tôt sous l'immense stèle de marbre noir que ma mère et mes sœurs avaient fait ériger à grands frais.

Il faisait doux cette nuit-là, particulièrement doux. Toute la soirée, j'avais siroté des cocktails estivaux multicolores avec mes voisins, qui comme moi, avaient voulu passer les premiers instants d'un été exubérant dans le petit jardin commun de la ruelle. Toute la soirée, devant mes verres débordant de rhum, de curaçao bleu ou de vodka, j'avais pensé à l'absurdité des circonstances. J'irais tout à l'heure au cimetière sur la tombe de mon père mort depuis plus d'un an. J'irais tout à l'heure déterrer l'urne de celui qui fut Vassili Papadopoulos, mon père ; je placerais les cendres dans un grand pot de sucre que j'avais vidé pour l'occasion de son contenu. Je remettrais le tout en place, l'urne et la terre, sans que personne sache que j'avais dépouillé la tombe des restes de mon papa. Je ferais du tombeau de mon père un cénotaphe-simulacre et je rirais toute seule en songeant au faux tombeau étrusque érigé par Bouvard et Pécuchet dans le potager, au milieu des épinards.

Le spectre paternel m'avait donné rendez-vous dans la nuit du 23 au 24 juin. Je ne pouvais pas ne pas me rendre à cette rencontre, même si depuis presque quatre mois je n'avais plus recroisé ni Vassili ni sa Sofia. Je n'avais en fait plus eu aucune nouvelle du fantôme de mon père. Je n'avais même pas tenté d'aller frapper à la porte de son immeuble pourtant situé à quelques rues à peine de chez moi. Mon père m'avait bien expliqué que je ne pourrais plus le revoir avant le 23 juin et je l'avais tout simplement cru. Il m'arrivait très souvent de penser que j'avais rêvé la soirée passée avec mon père l'hiver précédent. Ces derniers mois, j'étais doucement en train d'oublier ces instants de folie passagère que le deuil peut parfois produire ; et depuis quelques jours, je me disais très sérieusement que je ne suivrais pas les ordres que m'avait donnés mon père dans la souffrance irraisonnée de l'hiver.

Or toute la soirée, alors que Georgia et Allan me parlaient du petit potager qu'il serait bon de cultiver cet été-là et qu'Allan se soûlait sous les yeux courroucés et impuissants de sa femme, je voyais surgir devant moi les images de la tempête effroyable qui avait permis mes retrouvailles avec mon père. La chaleur de juin était traversée par le froid mordant de l'hiver et les échos chauds de la rue me semblaient répercuter les cris sordides des vents de février hurlant de douleur dans les rues du ghetto McGill, mon quartier. Je n'avais à l'esprit que ce mois de février où le temps était sorti de ses gonds, où les heures s'étaient affolées et avaient carrément perdu la tête dans les bourrasques qui valsaient furieusement au coin de Milton et de Sainte-Famille.

Vers onze heures, je quittai Georgia et Allan, hébétés par cette nuit chaude d'un été prématuré, et allai me préparer pour le cimetière. Je mis un temps à trouver mes outils de jardinage que je voulais aussi apporter à mon rendez-vous. J'allais ouvrir la terre et lui faire régurgiter les cendres de mon père. Il faudrait arranger un peu le sol devant la tombe. Je devrais ensuite tout remettre en l'état, après avoir commis ce qui ne pourrait être aux yeux de ma mère, de mes sœurs et de la loi qu'un sacrilège ou un crime.

Avant d'arriver à ma voiture, je saisis aussi rapidement le pot où trônait le grand rosier acheté quelques jours plus tôt à la pépinière Cartier et que j'avais imaginé d'abord planter dans le jardin commun de la ruelle, à moins que je me le fusse procuré sans bien sûr y penser pour cette nuit du 23 au 24 juin où je devais déterrer l'urne de mon père et changer le cours de son destin parmi les morts.

Tout le long du chemin qui va de mon appartement au coin de Milton et Saint-Urbain au cimetière en haut de la montagne, j'écoutai les trois *Equale pour quatre trombones* de Beethoven, une petite musique qui m'a toujours semblé bien triste et funéraire : j'essayais de me convaincre d'une solennité que cette soirée tendre et échevelée de juin ne rendait pas tout à fait possible. Les cocktails de couleurs scintillantes que j'avais avalés m'avaient complètement décontractée et, sur les accords lourds de Beethoven écoutés en boucle, je ne pouvais m'empêcher de rire à l'idée que je serais bien en peine, si un policier m'arrêtait, d'expliquer pourquoi je transportais des outils de jardinage, un immense rosier, un pot de sucre dans un sac rouge sur la banquette arrière de ma voiture. Qu'aurais-je pu répondre à un agent qui m'aurait sommée de dire quel affreux méfait j'étais sur le point de commettre? Une partie de moi restait très calme, assurée que de toute façon la porte du cimetière serait close et qu'il ne resterait qu'à faire demi-tour ou à décider de m'empaler sur les grilles hautes, noires et menaçantes.

Cependant, lorsque ma voiture arriva devant l'entrée de la Remembrance, les lourdes portes du cimetière s'ouvrirent comme par magie. Je demeurai éberluée un instant, puis soudain fus prise d'un élan irrésistible et fis pénétrer ma Jeep bien trop vieille pour de telles précipitations dans le cimetière. À ce moment précis, il n'y avait personne sur la route. À peine avais-je passé les deux grilles, que celles-ci se refermaient derrière moi en émettant une sorte de bruit un peu sinistre. Il ne m'était pas facile de trouver la route qui me conduisait à la tombe de mon père. Mais j'ai toujours eu un bon sens de l'orientation, et au bout de quelques minutes, mes phares se braquaient sur un petit homme qui me faisait de grands gestes d'amitié : c'était mon père.

Il monta aussitôt à bord de ma voiture.

« Tu as deux minutes de retard, me fit-il remarquer, narquois. Je t'attendais. Mais qu'est-ce que c'est cette musique de morts ? Éteins-moi cela tout de suite, ton Beethoven… Tu as toujours été obsédée par ces vieux trucs. Tu n'as rien de mieux à écouter ? Tu vas nous foutre le cafard. Écoute, c'est une magnifique soirée de juin. Il faut en profiter. Le cimetière est très, très beau en cette saison. Tu aurais dû voir le coucher du soleil. Je ne veux pas que mes cendres restent ici pour l'éternité, mais je sais apprécier un bon moment. Tu devrais en faire autant. Prends à droite… Oui… Là… Et puis, à gauche. Non, on ne va pas à la tombe tout de suite. Je veux faire un petit tour du cimetière avec toi. Juste pour rigoler. Tout droit ! Tout droit ! Regarde comme elle est belle la lune d'ici. On a l'impression qu'on pourrait la décrocher, la prendre dans ses bras et la ramener à la maison. Arrête-toi juste un moment. Le ciel est si lumineux... »

Mon père n'avait pas beaucoup changé depuis l'hiver. Et les vêtements légers et la chemise bleue dont il avait roulé les manches sur ses bras maigres lui donnaient un petit air estival. Il ressemblait aux photos de lui jeune, en Algérie, que j'avais épinglées après sa mort au-dessus de mon bureau. Il commentait la route que nous empruntions au gré de son humeur vagabonde et ne semblait pas être contaminé par l'atmosphère lugubre que dégageait un tel lieu. Mon père ne voyait que la nature vivante et il me fit suivre un raton laveur quelques minutes, alors que celui-ci gambadait sur la route et jouait à cache-cache avec les phares.

« Tiens, nous y sommes, dit mon père tout à coup. Tous les chemins mènent à Rome. C'est là. Très bien... » Soudain, il avait oublié le raton laveur et les pivoines qui fleurissaient un peu partout dans le cimetière. Il avait l'air heureux et affairé, convaincu de l'importance de notre mission.

Dès l'arrêt de la voiture, il s'était précipité hors de celle-ci et avait refermé la portière avec fracas. Je sortis le rosier, mes gants de caoutchouc, les outils et mon grand sac rouge que je déposai à la gauche de ma Jeep. Alors que j'allais prendre dans le coffre à gants une petite lampe de poche, mon père me retint et dit d'un ton ferme : « Mais nous n'avons pas besoin de cela ce soir ! Tu n'as pas remarqué ? Cela fait dix minutes que je ne te parle que de cela... C'est la pleine lune de juin. Cette nuit, c'est même la super lune. On y voit comme en plein jour... »

Mon père avait raison. Je n'avais pas un instant regardé le ciel, tout occupée à jouer avec cette idée folle d'aller déterrer les cendres paternelles après avoir avalé des cocktails multicolores pour tenter d'oublier mon rendez-vous.

La lune semblait grosse d'un futur bienveillant et mon père avançait parmi les tombes, pour trouver la sienne, avec aisance et détermination. Soudain m'apparut, comme un spectre, une petite dame aux cheveux blancs avec des reflets violets, penchée devant une stèle. La petite dame était en train de travailler la terre, amoureusement. Elle semblait la caresser et lui prodiguer des soins de toutes sortes. Mais je ne pouvais voir si elle déterrait ou enterrait une boîte en bois qui servait de cercueil aux cendres d'un être visiblement très aimé. Mon père, que j'avais perdu de vue, revint sur ses pas et me trouva interdite à une dizaine de mètres de la petite dame qui ne s'était pas du tout aperçue de notre présence, toute à l'inhumation ou à l'exhumation passionnée de cendres chéries.

«Je te présente madame Laszlo», me dit mon père. À son nom, la femme très âgée se releva et nous fit de grands signes afin que nous nous approchions. Mon père, en se dirigeant vers elle, hurlait: «C'est ma fille, je vous en ai parlé, vous savez, l'écrivaine… Ce soir, elle me désenterre. Oui, oui… Et vous? C'est ce soir que Bobo vient rejoindre son maître? Je vous l'avais dit, je n'ai pas menti, madame, c'est une nuit superbe et la lumière nous éclaire de ses lueurs favorables. Vous avez bien fait de m'écouter, chère madame. C'est que vous êtes tout particulièrement charmante ce soir, madame Laszlo, dit mon père d'un ton très séducteur en se penchant vers elle. Il en a de la chance votre mari mort d'avoir une femme qui se fait toute belle pour venir sur sa tombe. Mais votre mari a toujours été un veinard, va!» La petite dame s'était arrêtée de creuser la terre un instant et aux doux mots de mon père, elle avait passé ses mains salies par la terre dans ses cheveux mauves, esquissant ainsi les gestes d'une coquetterie ravissante. Elle commença à bavarder plus longuement avec mon père en s'étonnant de la beauté de juin cette année et en se plaignant de son mal de dos. Je compris que Bobo, dont elle ne cessait de dire le nom comme une incantation destinée à le faire apparaître, avait été le bichon blanc de Gyorg Laszlo sur la tombe duquel nous étions en train de papoter. Je saisis aussi que madame Laszlo, la petite dame aux cheveux violets, était très certainement une vivante, et non une défunte. Elle avait pris la décision de venir déposer les cendres de Bobo à côté de celles de Gyorg et, comme ce n'était guère légal, elle avait demandé conseil à mon père qui, un jour de promenade dans le cimetière, l'avait abordée.

Madame Laszlo ne semblait pas étonnée de parler avec mon père mort et elle comprenait que c'était un grand moment pour «monsieur Vassili». Pendant que mon père et la petite dame continuaient à échanger, je regardais autour de moi. Le cimetière n'était décidément pas aussi vide que je l'avais d'abord constaté. Au loin, quatre ou cinq vivants ou morts (mais comment les distinguer sous la lune de juin?) s'affairaient autour des stèles et s'adonnaient à des activités diverses, dont je ne pouvais saisir complètement la teneur. Il me semblait que le cimetière était peuplé de travailleurs de la mort, d'ombres besogneuses et blanches. Mon père m'enjoignit de creuser la terre devant la tombe du bien-aimé Gyorg né en 1919 à Budapest et mort en 2011 à Montréal. J'étais évidemment la personne la plus jeune et la plus en forme de l'étrange groupe que nous formions. Sans rechigner le moins du monde, après avoir enfilé mes gants de coton rouge, je me mis à enterrer le petit cercueil contenant les cendres de Bobo à côté de l'urne de son maître. Madame Laszlo guidait les opérations. Je fus vite en nage et quand j'eus fini, elle me remercia longuement ainsi que mon père de cette aide providentielle. Elle était très âgée : elle s'était un peu déplacée à la gauche de la tombe et la lumière de la lune suivait les contours de son minuscule visage ridé et de sa silhouette bossue qui tenait dans sa main gauche une canne trop grande pour elle. Comment avait-elle fait pour arriver ici dans la nuit ? De quelle façon avait-elle pu commencer à creuser la terre ? Cette femme avait pu trouver en elle assez de force pour parvenir à ses fins. Bobo devait être enterré avec Gyorg et il ne pouvait en être autrement.

Madame Laszlo savait que mon père était un mort, mais elle bavardait, bavardait… Tout à coup, sans crier gare, elle mit fin à son babillage. Un silence maladroit s'installa. La petite dame âgée très mignonne nous pria alors de nous retirer et d'aller faire «ce que nous avions à faire». De toute manière, elle voulait rester un moment seule sur la tombe de Gyorg et Bobo qui avaient trouvé, l'un et l'autre, un grand réconfort dans la réunion de leurs restes. Cela, elle en était sûre... La petite dame était pétillante dans la lumière blafarde et mon père la prit dans ses bras en lui faisant ses adieux. Il insista à nouveau sur la chance de Gyorg d'avoir eu une telle femme durant sa vie et maintenant dans la mort. Il n'avait pas eu le bonheur de connaître une telle épouse et il devait donc lui-même, avec sa fille aînée, s'occuper de ses restes. La petite dame eut l'air de s'appesantir un instant sur la triste condition de ma famille et puis elle vaqua à ses propres affaires. Mon père se remit en marche vers son tombeau à lui.

Il était déjà loin, vers les grilles de l'est du cimetière. Je le voyais chercher sa stèle et ne plus se souvenir tout à fait où elle était. Il s'activait entre les rangées de pierres tombales dont le granit ou le marbre reluisait sous la lune. Je pensais à Victor Hugo qui, en parlant d'un cimetière, a écrit :

« Moi, c'est là que je vis ! – cueillant les roses
    blanches,
Consolant les tombeaux délaissés trop
    longtemps,
Je passe et je reviens, je dérange les branches,
Je fais du bruit dans l'herbe, et les morts sont
    contents. »

Oui, ce soir de juin 2013, alors que mon père
pestait un peu en ne retrouvant pas sa propre sépulture à travers les rangées de tombeaux similaires et
que je courais lamentablement derrière lui avec mon
rosier, mes gants, mes outils et le pot de sucre que
j'avais peur de casser et qui brinquebalait dans un
grand sac rouge, j'avais cette impression étrange
que, loin de profaner ces lieux de notre présence
insolite, nous rendions, moi et le fantôme de mon
père, les morts contents. Oui, les morts semblaient
heureux dans ce cimetière sous la lune d'où s'exha-
lait un sentiment de grande joie humaine. Les morts
sont peut-être légers, après tout. Débarrassés de la
mort, de la peur constante que les vivants ont d'elle.
Cela n'est pas rien. Cela a de quoi rendre heureux.
    Mon père s'arrêta net devant la stèle d'un politi-
cien québécois qu'il n'avait jamais aimé, mais qu'il

avait croisé à plusieurs reprises quand il travaillait dans ce bureau de cartographes qui faisait affaire avec le gouvernement de l'époque. Selon mon père, ce type incarnait le parfait emmerdeur. Il espérait surtout ne jamais le rencontrer à nouveau. Mais là, ils étaient voisins! En effet, la tombe de mon père se trouvait à quelques mètres de celle du grand homme national. Néanmoins, Vassili avait du mal à retrouver l'emplacement exact de son propre tombeau. Il était pourtant venu cent fois se fâcher contre cette stèle noire, de mauvais goût, funèbre, oui, funèbre, que ma mère avait fait ériger. Il s'étonnait d'avoir ainsi perdu son chemin sous la lune clémente. Pendant que mon père fulminait contre sa mémoire défaillante et contre ma mère et mes sœurs qui l'avaient collé pas loin du politicien, sous cette pierre tombale de très mauvais augure, je cherchais des yeux la stèle noire. J'entendais mon père marmonner qu'il n'avait rien remarqué les nombreuses fois où il était venu jeter quelques coups d'œil à sa propre tombe, mais que là, franchement, dans les circonstances qui le rendaient voisin du politicien québécois véreux, il était content de quitter ce quartier lamentable et très mal famé du cimetière.

Je trouvai enfin le lieu que nous cherchions et interrompis les jérémiades de mon père qui vint me rejoindre.

La tombe de mon père était telle que mon souvenir l'avait figée, telle que je l'avais vue le jour de l'inhumation. Le marbre noir, avec son effet de laque chinoise et les lettres dorées qu'il arborait, avait quelque chose d'à la fois solennel et de parvenu. Ma mère avait fait construire un grand monument pompeux, tout entier tourné vers un ridicule potentiel grandiose, alors que les stèles et les morts se succédaient de façon morne à la queue leu leu. J'en voulais à ma mère et à mes sœurs non seulement d'avoir mis mon père là, mais surtout d'avoir contenté leurs idéaux de petites-bourgeoises avec un dérisoire sépulcre qui s'offrait à la postérité et aux temps dans toute sa mesquinerie mégalomane.

Les considérations de mon père sur le sujet étaient plus pratiques que celles que j'étais en train de développer non sans amertume et clairvoyance sur la tombe de Vassili Papadopoulos (1934-2012). Celui-ci m'expliquait qu'il voulait que ses cendres voient du pays. Il refusait d'être pris pour l'éternité dans ce cimetière qui était beaucoup trop petit pour ses rêves de mort. Mon père me montrait en faisant un signe de la tête la stèle décorée d'oiseaux d'un couple de jeunes gens dans la trentaine qui venaient d'acheter leur futur tombeau commun et qui croyaient fermement qu'ils voudraient être encore l'un à côté de l'autre au moment encore fort lointain de leur mort. « A-t-on idée d'acheter sa tombe si longtemps à l'avance ? Comment ces jeunes gens peuvent-ils avoir la vanité de croire qu'ils voudront se retrouver côte à côte dans quarante ou cinquante ans ? Regarde-moi… Même si j'ai passé les dernières années avec ta mère, je ne tiens pas à être là à côté d'elle. C'est comme ça. Un peu de sagesse, tout de même ! »

Je m'étais appuyée sur la stèle qui portait le nom de mon père et j'avais déposé à mes pieds le rosier, mes outils de jardinage, mon pot de sucre vide, lové dans mon sac rouge en prenant bien soin de ne pas le cogner contre le marbre de la tombe. J'enfilai mes gants et m'apprêtai à creuser le sol. Je ne savais pas trop où l'urne contenant les cendres paternelles se trouvait exactement sous le tertre, devant le monument. « J'aurais dû prendre la lampe de poche », dis-je pleine de reproches à mon père, en lui rappelant qu'il m'avait interdit d'ouvrir le coffre à gants pour en extraire ma petite lampe jaune, comme si j'étais encore une gamine… Il n'avait décidément pas changé et était toujours aussi autoritaire. Pourquoi avais-je abdiqué si vite et accepté de me soumettre encore une fois à ses ordres? Alors que je me plaignais en maugréant de la tyrannie paternelle, une lumière traversa l'espace au-dessus de moi, éclaira le nom de mon père gravé à même la pierre, balaya plusieurs fois le tumulus et s'arrêta là où des marques indiquaient ostensiblement l'emplacement de l'urne. Accroupie, je ne voulais pas perdre de vue l'endroit précis où je devais excaver le sol. Sans chercher la provenance de cet éclairage providentiel, je me mis donc au boulot. Je pris un peu de temps pour comprendre que le faisceau qui m'avait éclairé la tombe venait de la lampe de poche d'un homme immense qui gesticulait violemment près de mon père. Le type s'avançait maintenant en braquant la lumière dans mes yeux. Effrayée, je tombai par terre, les fesses dans la terre. Mon père se mit à rire. Le type à la lampe de poche fut entraîné dans cette hilarité et pendant que je tentais de me relever tant bien que mal, mon père s'entretenait de la cocasserie de mes gestes maladroits et de cette belle soirée de juin avec l'inconnu qui maintenait la lampe pour mettre en évidence mon ridicule.

Le nouveau venu n'avait en fait rien de menaçant. Il portait des vêtements de travail et tout en sa démarche et ses vêtements indiquait des activités de fossoyeur. Il ne se formalisait pas du tout de mes travaux clandestins sur la tombe de mon défunt père et semblait plutôt copain avec ce dernier... Je ne comprenais pas la conversation qui se déroulait en grec, sous la lune. De quoi pouvaient bavarder ensemble le grand gars maigre à moustaches et mon père mort? Le fossoyeur ne devait-il pas dire à son «ami» que cet affairement sur le tumulus et ce farfouillage sacrilège dans la terre des morts étaient illégaux? Les deux hommes n'en finissaient plus de se tordre de rire, tandis que je tentais de sortir péniblement l'urne du ventre du cimetière. Au bout d'un temps, le grand Grec sec vit ma détresse et arrêta de rire aux larmes. Il en avait mal au ventre et se tenait les côtes, mais il avait fini par s'apercevoir de mon désarroi et se précipitait vers moi, non sans avoir écrasé sous son godillot le mégot d'une cigarette qu'il fumait. Il m'aida de ses grands bras à retirer de son trou l'urne de marbre noir, assortie à la pierre tombale.

Le type avait l'habitude de ce genre de manipulations. Il me semblait très à l'aise en agitant l'urne deçà et delà au-dessus du trou, comme si le vase funéraire et son contenu n'étaient qu'une vulgaire poupée de chiffon, qu'un « résidu léger de la vie ». Il ouvrit l'urne doucement de ses gigantesques mains en la tenant par la panse et en transvasa en un tour de main le contenu dans mon pot à sucre que je tenais, moi, fermement, à deux mains. Mon père blaguait. Il nous disait au Grec et à moi de ne pas éparpiller au doux vent de juin un petit morceau de lui et enchaînait en grec une blague sûrement très drôle, puisque le grand squelette hellène se tapait la cuisse d'une main en tenant l'urne de l'autre. Mon père me fit un clin d'œil. Il était content que les vestiges de ce qu'il avait été quittent enfin ce trou infâme auquel ma mère l'avait confiné. Il s'approcha de moi et me dit à l'oreille d'un air goguenard que le fossoyeur, Samos, était un type bien et que je serais heureuse avec quelqu'un comme ça. Samos s'était allumé une autre cigarette. Il la fumait tranquillement, le corps appuyé sur une stèle voisine, ses interminables pieds allongés dans les bégonias du couple de tourtereaux pas encore morts.

Avec précaution, je mis le pot à sucre dans mon grand sac rouge et m'affairai prestement à remettre l'urne dans le trou et à refermer la plaie béante que mon travail avait créée. Samos m'avait sans le savoir appris à me débrouiller avec l'urne. Je la précipitai dans la cavité profonde et me mis à pousser dans un premier temps avec mes pieds la terre pour qu'elle recouvre l'excavation. Je finis à quatre pattes ce drôle d'enterrement. Il me fallait maintenant planter le rosier. La terre sentait tout particulièrement bon. Elle exultait. En elle, la vie grouillait. L'été était là. Je pris une petite pause et m'aventurai à demander au paquet d'os grecs une cigarette. Je méritais bien une petite récompense et il me fallait aussi une forme d'encouragement avant de fixer le rosier dans la terre. Mon père se joignit à nous et nous grillâmes lentement une petite Leader que Sammy avait fait venir par un cousin crétois qui habitait Ville Saint-Laurent. Vassili était très content. Il espérait sans doute que je me case avec le fumeur grec et que je finisse ma vie tranquille en passant les étés près de Chora Sfakion. Je n'avais pas envie de lui dire combien ses plans de mariage m'exaspéraient. Il faisait trop beau, trop doux pour une dispute et je sentais confusément que ce serait un des derniers moments passés avec le fantôme de mon père. Je ris aux blagues que Samos s'évertuait à me traduire en français, dans un charabia incompréhensible que je n'avais entendu qu'au bar Athéna dans les années quatre-vingt. Quand il riait, le Grec découvrait une bouche où quelques chicots flottaient à côté de deux ou trois crocs en or. Il ne me semblait guère appétissant ce type et je me demandais comment mon père pouvait m'imaginer vivre avec ce corps en décomposition. Les morts n'ont le sens de rien, pensais-je.

Cependant, l'heure tournait. Je devais avoir tout fini avant l'aurore et en juin, les nuits sont courtes et l'aube indécente. Je finis la cigarette qui m'arrachait les poumons et je plantai le rosier en moins de deux, non sans avoir dû entendre mon père me reprocher de ne pas lui avoir acheté un plant de pivoines. Qu'en avait-il encore à foutre des arbres ou des fleurs qui pousseraient sur sa tombe vide? En finirait-il un jour de me faire des reproches? Je ne dis rien. Je ravalai ma colère. Il était beaucoup trop tard pour changer mon père et je ne voulais pas m'atteler à ce genre de tâche. J'enlevai mes gants lentement, mis tous mes outils dans le sac avec le pot de sucre contenant les cendres et retournai gravement vers ma voiture. Mon père prenait congé de Samos qui, alors que je me retournai pour voir si je n'avais rien oublié autour de la tombe, me fit un petit signe enjoué de la main. Derrière moi trottinait mon père qui me suivit jusqu'à la Jeep dans laquelle il monta vite.

Je déposai doucement le sac rouge sur la banquette arrière, après avoir enroulé le pot plein de cendres dans une grande couverture. Mon père s'assit à côté de moi et nous quittâmes le cimetière sans un mot. Là devaient prendre fin nos retrouvailles.

Mon père ne me disait rien, mais je devinais que je devais le ramener chez lui, à son immeuble au coin de Sainte-Famille et Milton. Sofia ou une autre devait l'attendre. Moi, il me restait un dur labeur à accomplir dans les prochains mois. Je devais prendre soin des cendres et les disperser. C'est ce que mon père m'avait fait comprendre. Je ne savais absolument pas où il voulait que je dissémine le contenu de mon pot de sucre et j'étais paniquée à l'idée de ne pas poser les bons actes, de ne pas accomplir le juste rituel. Alors que nous étions aux portes du cimetière et que celles-ci s'ouvraient pour nous laisser le passage, je rompis grossièrement le silence : « Où dois-je éparpiller tes cendres ? » demandai-je à mon père. Il n'écoutait pas vraiment, comme absent à moi, au monde et à lui-même. Je sentais qu'il était en train de se dissoudre dans le temps. Il semblait tout à coup ne plus adhérer au présent doux de cette nuit de juin. Le soleil allait se lever bientôt. En descendant la côte du mont Royal, je pouvais voir l'est et une lueur qui commençait à colorer la nuit. Mon père s'exclama : « Que c'est beau ! Cela va peut-être me manquer après tout ! Mais mort, comme vivant, on ne peut avoir de lieu à soi ni de nostalgie… » Ces mots avaient été, je le savais, au centre même de son parcours dans ce monde, de ses liens familiaux, de ses départs et de ses infidélités. Le silence s'installa. Il dura. Ce n'est qu'au coin de l'avenue du Parc et de l'avenue des Pins, au feu rouge, que mon père répondit enfin à ma question : « Attends un peu, tu trouveras bien où me mettre. Je ne suis pas difficile. Tu trouveras… »

Nous arrivâmes devant l'immeuble de mon père. Un instant, il me regarda dans les yeux et il me dit simplement : « Adieu ma fille, prends soin de toi dans ce monde. Tu as encore pas mal de choses à vivre et à accomplir. Je viendrai peut-être encore te voir. Qui sait ? Ne pense pas en avoir fini de moi. Tu te rappelles comment j'ai passé ma vie avec ta grand-mère. Je te quitte pour le moment. Et pour les cendres, tu vas bientôt comprendre où les lancer dans le vent. »

Mon père me prit dans ses bras. Je sentais son corps tout maigre, chétif, son corps de mort. Je me mis à pleurer. Il ne me consola pas. Il ne le pouvait plus. Il sortit vite de la voiture et disparut dans la nuit d'été.

KALAMAZOO
Été 1968

Dans le fossé, derrière la maison de ma tante, un renard pourrissait depuis trois jours. Sa carcasse triste, ravagée par une décomposition fulgurante, avait rapidement rassemblé les gamins du quartier. Aucun d'entre nous, pas même Sean, n'avait encore osé descendre dans le trou où la voiture de mon père le soir de notre arrivée avait, en accélérant, violemment projeté la bête.

Tout en haut du fossé, les spéculations allaient bon train. Combien de jours faudrait-il au cadavre pour perdre tous ses poils et se vider de sa chair? Les oiseaux crèveraient-ils les yeux du renard? Allions-nous attraper la rage si nous touchions à la bête morte?

Il faisait chaud cet été-là au Michigan et intuitivement, nous comprenions que le temps humide, étouffant, propice aux tornades légendaires du Midwest, participait au travail de désagrégation que subissait sous nos yeux le corps rouge de l'animal gisant au fond du fossé.

Tout en haut de la tranchée, respirant les miasmes malsains de l'animal en putréfaction, nous nous battîmes, pendant des jours, pour mieux contempler le spectacle. Les petits jouaient des coudes pour passer devant Sean, Lewis et moi : ils voulaient être aux premières loges. Nous nous bousculions les uns les autres. Nous ricanions de notre éventuelle dégringolade dans la fosse au cadavre. Nous nous disputions pour savoir qui garderait les os du prédateur réduit à rien. Sean, le plus grand d'entre nous, se donnait le premier choix, mais j'entendais ne pas le laisser décider. Après tout, c'était mon père à moi qui avait tué la bête. Cela ne me donnait-il pas quelque droit sur le cadavre ?

J'avais vu l'animal rouge surgir de l'obscurité et, aveuglé soudainement par les phares, s'immobiliser devant la voiture qui avait alors pris de la vitesse. J'avais entendu le bruit sourd du pare-chocs. La voiture avait frappé de plein fouet le petit corps au pelage incendié par la lumière jaillissant de notre Cutlass. Un cri strident, bestial, poussé par ma mère, s'était fait entendre. Le corps du renard avait rebondi dans un vacarme infernal sur notre pare-brise, le maculant de sang. La bête avait été projetée très loin dans les airs, pour atterrir dans le fossé derrière la maison de la sœur de ma mère.

Il était très tard ce soir-là quand la voiture s'arrêta enfin au 36555 Linda Lane, à Kalamazoo. Notre Oldsmobile bleue s'engagea dans l'allée de la maison de ma tante. Les lumières automatiques sensibles au moindre mouvement nous montraient le chemin. Ma mère pleurait à chaudes larmes. La rencontre de la voiture avec le renard et l'accélération juste avant l'impact l'avaient bouleversée.

Elle ouvrit la portière précipitamment et se jeta dans les bras de sa sœur. Madeleine regarda mon père d'un œil torve. Lui, stoïque, se concentrait sur l'examen de sa toute nouvelle automobile. De longues traînées de sang traversaient le pare-brise. Mais rien ne semblait bien grave. L'Oldsmobile n'avait même pas été cabossée par le coup survenu juste avant d'arriver à destination. Mon père était satisfait. Il n'aurait pas dès notre retour à Montréal à appeler Jim Torres, le type qui débosselait et repeignait les voitures accidentées de la «famille». Il n'y avait donc vraiment pas de quoi faire un drame.

Cette nuit-là, j'entendis ma mère et sa sœur chuchoter longtemps dans la cuisine obscure où seule une petite lampe d'appoint veillait sur la douleur loquace, mais étouffée, des deux femmes. Dans la chambre, de l'autre côté du couloir, mon père ronflait, plongé dans le sommeil du juste. La voiture était intacte après tout. À peine une tache de sang que l'Oldsmobile garderait quelques jours, comme un trophée.

C'était l'été avant le divorce. Mon père avait attendu le départ de sa jeune maîtresse en vacances pour prendre enfin la route avec sa femme et ses trois filles. C'est du moins ce que ma mère avait déduit de tous ces jours d'attente où, les bagages bouclés et la glacière pleine des sandwichs et des boissons du voyage, nous attendions à la maison que mon père revienne après le travail.

Le temps avait passé et mon père, pris par le «boulot» ou ses roucoulades, était revenu systématiquement trop tard le soir pour que nous songions à entamer le chemin qui nous séparait de Kalamazoo. Finalement, le 5 juillet, nous nous engageâmes sur la 401. Mes parents ne se dirent pas un mot du voyage. Ma mère essuyait parfois négligemment quelques larmes… Elle n'ouvrit la bouche qu'à Sarnia pour parler au douanier qui l'interrogea longuement sur son visa et ses yeux boursouflés. Elle avait pris place sur la banquette arrière avec les jumelles, âgées de cinq ans et demi. Elle montrait ainsi à mon père à la fois son mécontentement et son détachement. Elle m'avait assigné la place à côté du conducteur. Celui-ci était peu troublé par la situation. Il entonnait quelques airs de son répertoire. Pendant tout le trajet, je formai avec lui un véritable chœur et je riais très fort quand nous criions à tue-tête «tararaboumdié, tararaboumdié» ou quand nous imitions à l'unisson l'accent espagnol du grand Luis Mariano.

Cette nuit-là, après notre arrivée chez ma tante, quand les murmures des deux sœurs se dissipèrent dans la nuit et que l'air climatisé reprit son souffle, alors que j'étais blottie dans mon lit, il me sembla entendre venant de derrière la maison les couinements lugubres, désespérés, du renard agonisant dans le fossé, demandant la mort qui ne venait pas assez vite.

Dans le silence de la banlieue de Kalamazoo, seule sa souffrance s'accouplait à celle de ma mère.

Madeleine, tout comme moi, écoutait le récit des nouvelles maîtresses, des dernières humiliations et des méchancetés de toutes sortes. La mort du renard occasionnée par l'accélération insensée de mon père à la vue de l'animal s'inscrivait selon ma mère dans une suite de violences dont cet homme fou, mon père, était capable. Il nous avait laissées, elle et moi, chercher trois jours la chatte Missy à travers tout le quartier, aux alentours de notre duplex, rue Champagneur. Missy s'était égarée, nous avait déclaré mon père. Il l'avait en fait noyée un peu plus tôt, à l'aide d'une pierre et d'un sac, dans la pièce d'eau d'un parc près de la maison. En rigolant, il s'était vanté de son stratagème à une voisine qui l'avait répété à ma mère.

Je me rappelais très bien avoir crié désespérément à travers un Montréal muet le nom de Missy. Ma mère et moi espérions retrouver notre petite bête rousse à chaque coin de rue ou derrière quelque talus. Mon père détestait les animaux et n'aimait pas cette chatte qui allait bientôt avoir une portée de petits. Il aurait fallu qu'il s'en occupe durant le voyage en France que ma mère, enceinte des jumelles, et moi tout enfant nous apprêtions à faire.

Mon père avait-il vraiment tué Missy pour s'en débarrasser ? Avait-il fait le fanfaron devant la jolie voisine en tentant de la terrifier, tout en l'impressionnant ? Je m'endormis sans résoudre toutes les questions qui se bousculaient dans ma tête. Les chuchotements de ma mère et ma tante me berçaient étrangement.

Au matin, mon père était déjà parti. Il allait faire des affaires aux États-Unis, acheter des camions pour les revendre au Québec et au New Jersey. C'est du moins ce qu'il nous dit. Il nous déposait pour une petite semaine chez ma tante Madeleine et mon oncle James qui, après leur mariage cinq ans plus tôt, avaient quitté le Québec pour s'installer à Kalamazoo, à quelque cent quarante milles de Détroit. Il y avait là un bon emploi pour James dans une usine de voitures. Mon père lui promettait du boulot à Montréal au sein de la « famille », mais James s'entêtait à vouloir travailler dans une usine et à ne rien faire de malhonnête. Après avoir avalé mes céréales Lucky Charms, noyées dans le lait, je me dirigeai très vite vers le fossé où devait se trouver la bête percutée par l'automobile de mon père. J'espérais très fort qu'elle avait survécu à la collision avec l'Oldsmobile bleue et que sa blessure, dont j'avais vu pourtant les traces impressionnantes sur la carcasse tachée de l'auto, n'était que légère. Mais très vite, j'aperçus tout au fond du trou qui séparait notre jardin et ceux des voisins de la grande route qui passait derrière les maisons le corps éventré du renard rouge sorti des ténèbres de la nuit pour aller s'écraser contre la Cutlass toute neuve de mon père. Les mouches tournaient autour du cadavre. Elles semblaient s'attaquer aux restes de l'animal. Elles cherchaient à dévorer, affamées, la chair putréfiée. Je restai un bon moment fascinée par cette image de la mort, ne sachant pas trop quoi penser. Mon père me semblait tout à coup méchant. Ma mère pouvait-elle avoir raison? Je courus très vite vers les jardins de Sean, Dara, Carmela, Christian et Lewis. Je tenais à partager avec eux la vue du corps du renard mort, et je voulais surtout leur expliquer comment tout cela était arrivé. Mes amis eurent l'air peu surpris de me voir. Je n'avais pas mis les pieds à Kalamazoo depuis l'été précédent, mais ma présence l'été sur Linda Lane semblait normale. Mon apparition était simplement le signe des beaux jours.

L'année précédente, en juillet, les abords du fossé avaient constitué un terrain de jeu de prédilection.

Là, tous les six, nous observions la nature. Nous courions après les mouffettes et les écureuils. Nous nous faisions piquer par les moustiques et les abeilles, nous traquions les couleuvres et nous faisions fumer les crapauds avec les cigarettes volées à la mère de Sean en espérant que, comme le voulait la légende, ils explosent. Le fossé nous appartenait et la présence du renard qui gisait en lui faisait de cette tranchée boueuse et nauséabonde un paradis.

Mon retour se transformait en triomphe et Sean, le dur à cuire, me souriait de toutes les dents qu'il n'avait pas encore perdues. Nous avions entre quatre et neuf ans et nous étions des aventuriers perdus dans la pampa, des explorateurs en mission au milieu de la forêt amazonienne ou encore des pionniers du Nouveau Monde, conquistadors de l'impossible.

Je ne quittais plus, si ce n'est pour aller manger et dormir, le fossé où nous nous étions finalement décidés à descendre. J'observais religieusement la désagrégation du renard. J'accomplissais une tâche sacrée, un rituel de deuil. De près, je pouvais considérer tous les détails de la putréfaction du corps. J'examinai les fourmis et les vers qui s'attaquaient patiemment au cadavre. De loin, je jetais dans le fossé des fleurs arrachées en cachette au jardin de ma tante, des poignées de terre ramassées sur les contours du trou, un petit soldat en plastique que j'avais trouvé dans le sous-sol de ma tante, deux balles de tennis défoncées appartenant à mon oncle et une image de ciel noir que j'avais dessinée un soir. Des corneilles réjouies s'agitaient sans cesse au-dessus de ma tête. À force de les côtoyer, j'appris vite à les distinguer les unes des autres et à reconnaître dans leur tête noire, pointue, un visage. Les oiseaux semblaient parfois vouloir s'abattre sur moi pour tout à coup reprendre leur envol. Ils attrapaient ici et là des morceaux de leur proie décomposée, poussaient des sons de repus en maltraitant le corps rouge. Dans la tranchée, derrière la maison de ma tante, cela grouillait de créatures maléfiques, infernales et inconnues que j'avais peut-être déjà entraperçues dans les mots de nos livres d'enfants, sans jamais croire tout à fait en leur existence. La nuit, je rêvais que des corneilles mortes tombaient par milliers sur le sol et que le renard rouge les dévorait.

Au téléphone un soir, je racontai à mon père mes journées passées autour du fossé. Il m'apprit alors qu'en Inde et au Népal, les cadavres étaient mangés par les vautours et qu'il n'y avait pas de cimetières comme en Occident. Je répétai cette histoire mirifique à ma mère. Elle leva immédiatement les yeux au ciel et prit ma tante à témoin. Qu'avait mon père à raconter ces histoires d'horreur aux enfants ? Il ne parlait que de morts et même du cadavre froid de sa mère. Ce type était décidément dérangé et pervers.

Le septième jour qui suivit mon arrivée, alors que je me précipitais comme chaque matin vers le fossé, je constatai avec stupéfaction que le corps dépecé de l'animal rouge avait disparu. La veille au soir, il était encore là. Un animal immense l'avait-il emporté au fond de quelque grotte pour le bouffer ? Après le coup de téléphone de mon père, ma tante et James l'avaient-ils retiré tôt le matin de ce trou merveilleux comprenant à quoi, avec les gamins du quartier, j'occupais mes vacances ? Je ne sus jamais vraiment ce qui s'était passé et personne ne connut le fin mot de l'histoire.

La disparition du renard me troubla grandement. Je repris néanmoins mes jeux de l'été précédent avec mes camarades. La cruauté du monde nous avait été révélée et nous avions l'impression que notre sadisme ne connaîtrait plus de limites. Un soir, vers vingt-deux heures, le téléphone sonna. Nous croyions tous que c'était un appel de mon père qui n'avait pas donné signe de vie depuis ses récits de vautours deux semaines plus tôt. Un agent immobilier de Chicago demandait à ma tante où il était possible de parler à l'avocat de la veuve Jackie Kennedy, en l'occurrence mon père. Ma tante, en colère de se voir mêlée aux embrouilles et mensonges de son beau-frère mégalomane, répondit vertement que cet homme lui était inconnu. L'agent rappela plusieurs fois. Je ne sais comment, mais ma tante finit par s'en débarrasser.

Je ne saisis pas la gravité de l'affaire pour laquelle ma tante et ma mère prenaient un air affligé. Jackie Kennedy existait. Ma mère en parlait souvent avec admiration. Pourquoi mon père ne pouvait-il pas s'occuper de son argent?

Mon père ne vint jamais nous chercher à Kalamazoo. Nous apprîmes en téléphonant à sa sœur et à son père à Montréal qu'il était parti en Grèce, appelé par quelque affaire familiale. Nous rentrâmes donc chez nous en train. James nous conduisit à Détroit dans sa Chevrolet et de là nous embarquâmes dans un wagon.

Enfant ou encore adolescente, je ne revis jamais mon père avec ma mère. Je veux dire tous les deux ensemble. Ma mère demanda le divorce très, très vite et obtint la garde des enfants. De temps à autre, mon père venait nous chercher pour un voyage ou un tour à New York où il avait déménagé rapidement.

Dans le train de Détroit à Montréal, par la fenêtre immense du wagon, je comptais les poteaux et les vaches, cherchant désespérément des yeux un renard rouge qui courrait peut-être à ma rencontre.

NEW YORK
1957

Après une traversée de l'Atlantique qui lui avait semblé interminable, Vassili arrivait enfin aux États-Unis. Il avait quitté l'Algérie seize jours plus tôt. Il était monté à bord d'un petit bateau et avait planté Alger là, derrière lui, sans lui adresser un dernier regard. Il y avait pourtant passé les dix-huit dernières années. Mais Vassili savait qu'il ne devait pas se retourner, que la vie ne pouvait être que devant lui. Il s'était arrêté quelques jours à Marseille rendre visite à sa grand-mère et aux frères de sa mère qu'il n'avait revus qu'une fois depuis 1939. Avec eux, il avait évoqué son enfance, Rhodes, la plongée sous-marine, les amis, le port et Érina, sa mère. Après quatre jours vécus dans ce passé grec étouffant, triste, il avait pris, très soulagé, le train vers Le Havre où il s'était embarqué immédiatement sur ce transatlantique. Dans quelques heures, il débarquerait à Ellis Island, lieu légendaire pour les immigrants comme lui. Une nouvelle vie l'attendait.

Tu vuo' fa' l'Americano... Vassili adorait cette chanson de Renato Carosone et en fumant une Camel, il en fredonnait l'air encore sur le pont du paquebot *L'Homeric* qui le conduisait en Amérique. C'était ce refrain « *Tu vuo' fa' l'Americano* » que lui avaient chanté ses collègues de bureau et ses copains à la petite soirée d'adieu qu'ils avaient préparée en son honneur. Comme ils avaient ri! Oui, Vassili rêvait de devenir un Américain, un vrai. En juin, il avait décidé de quitter l'Algérie et la Méditerranée... Pour le jeune homme de vingt-trois ans, la bataille d'Alger, la répression française, les femmes attaquées, les colons massacrés et la nécessité de prendre parti pour un camp, les attentats du Milk Bar, de la Cafétéria et encore plus récemment du Casino de la Corniche, avaient précipité les choses. Il devait partir. Qu'avait-il à faire de ce pays qui de toute façon n'était pas le sien? Que lui importait cette langue qu'il avait apprise parce qu'il avait fallu et que sa mère n'avait jamais pu parler? Vassili aimait les gens et les lieux. Pas les pays. Petit, il avait quitté la Grèce, maintenant il laissait derrière lui l'Afrique. Seule la mer lui manquerait peut-être. La Méditerranée dont Tino Rossi venait de faire une chanson que le monde entier entonnait. Mais la Méditerranée appartenait à tout le monde… Vassili était un cosmopolite, un vrai. Pas un Français, pas un Algérien, pas même un Grec. Aucune religion ne l'avait appelé. Aucun lieu ne pouvait le retenir. À ceux qui, sur le paquebot, voulaient se lier d'amitié ou commencer une conversation en lui demandant d'où il venait, il répondait sans ambages qu'il était chinois. Cette déclaration faisait bien sûr rire ses interlocuteurs ou encore les laissait babas. Ce jeune homme à la peau basanée, aux yeux bistrés, à l'accent pied-noir, aux gestes cabotins et au bagout infernal n'avait rien de l'image que l'on se faisait des fils de Mao. Mais Vassili tenait à montrer à tous l'absurdité des appartenances, des guerres, des identités. Il n'avait pas à se définir par rapport à quoi que ce soit. Il se rappelait qu'à l'école monsieur Thibert, son instituteur, avait raconté à ses élèves que le philosophe grec Diogène, à qui on avait demandé d'où il venait, aurait répondu qu'il était citoyen du monde… Oui, Vassili, comme le Grec célèbre, serait citoyen du monde en Amérique. Là-bas, on ne faisait pas attention à l'origine des gens. On devenait quelqu'un d'autre. On pouvait oublier le passé. Et même changer de nom. C'est ce qu'il ferait. Qui sait…

Et puis, son père Manos lui avait écrit. Il vivait maintenant au Canada, à Montréal, où avec des cousins éloignés il faisait des « affaires ». Tout allait très, très bien pour lui. Il avait une belle situation, une grande maison confortable dans une banlieue d'immigrants où s'était formée une petite communauté. Il attendait que ses fils viennent le rejoindre et surtout son Vassiliou, son préféré. Contre toute attente, il avait envoyé à Vassili l'argent pour le bateau. Ce père était décidément imprévisible ! Vassil n'avait d'ailleurs pas cru à cette histoire de billet payé avant d'avoir la somme en main. Mais le fils hésitait néanmoins à aller vivre avec le père. Celui-ci avait disparu longtemps. Il n'était pas fiable. Érina l'avait attendu en vain. Non, Vassili essayerait de s'installer d'abord à New York où un couple d'amis, Pedro et Nina, avec lesquels il avait travaillé, avait immigré l'année précédente. Vassili leur avait même parlé deux fois au téléphone depuis leur départ. Le jeune couple disait rouler sur l'or… Pas étonnant… Là-bas, tout était possible… Et puis, il irait sûrement faire un tour au Canada, rendre visite à son père, à la famille. Il verrait. Il s'installerait peut-être là. Les frères de sa mère l'avaient supplié aussi de rester avec eux à Marseille ou encore de voir comment les choses bougeaient à Paris, si c'est là que Vassili voulait vivre. Mais non! La France, ce n'était pas assez loin, pas assez neuf. Il fallait tout recommencer à zéro. Ailleurs. Dans le Nouveau Monde. Vassili était jeune et il avait du courage et du temps.

Le plus dur bien sûr, ce serait de ne plus aller au cimetière Saint-Eugène tous les dimanches se recueillir un petit moment sur la tombe d'Érina. Depuis la mort de sa mère en 1949, Vassili ne manquait pas ce rendez-vous hebdomadaire. Après avoir médité sur le tombeau blanc qui portait le nom chéri de sa mère, sa date de naissance (1911) et la date de sa mort (1949), il allait à la plage se changer les idées. La vie devait être plus forte que tout… Cela lui faisait beaucoup de bien de se sentir auprès de sa mère. Souvent, il apportait sur la tombe son casse-croûte et il mangeait une merguez et un bout de pain «avec elle»… Il lui racontait sa semaine. C'est qu'il avait souffert quand Érina avait quitté ce monde! Il pensait qu'il ne s'en remettrait jamais. Il faut dire que la douleur restait vive. Il avait tout fait pour que sa mère guérisse, mais la mort avait été la plus forte.

À l'agonie, Érina avait demandé à Vassili de venir seul lui rendre visite à l'hôpital Mustapha-Pacha. Elle lui avait fait promettre de s'occuper de ses frères et de sa sœur, et quand il aurait accompli ces tâches, de penser à lui. Elle avait ajouté que jamais elle ne le quitterait. Il pourrait toujours lui parler. Elle lui ferait même des signes de l'au-delà. Vassili rêvait souvent à sa mère. Il l'entendait le conseiller dans toutes les grandes décisions qu'il prenait. Elle lui avait suggéré de partir en Amérique. Il ne pouvait plus rester en Afrique du Nord. Dans les dernières années, Vassili avait veillé sur sa famille. Mais maintenant, son devoir était accompli. Sa sœur avait même rejoint le père, Manos, à Montréal en janvier 1957. Elle allait se marier là-bas à un Italien, ami de la famille… Le coup de foudre… Quand la guerre éclata, deux des frères de Vassili s'étaient sentis très français et s'étaient engagés tout de go dans le conflit. Vassili ne comprenait pas cette ferveur patriotique. Ses frères avaient perdu la tête… Des francaouis, eux? Ils auraient dû se faire réformer, comme lui. Des gens allaient mourir pour rien, pour des idées idiotes, pour la nation… La fin de l'Algérie française, qu'est-ce que cela pouvait lui faire ? L'Algérie pouvait bien être algérienne après tout… La présence de la France depuis plus de cent vingt-cinq ans, cela avait-il une réelle importance pour les vivants ? Bah, toute cette histoire ne le regardait plus, lui, le cosmopolite sans racines, comme Staline appelait les Juifs. Quel salaud, ce Staline ! Tous les mêmes, les hommes politiques… C'est vrai qu'en Algérie il y avait un je-ne-sais-quoi, une joie de vivre, malgré la pauvreté et puis même la mort. Vassili avait été souvent heureux à Alger. Il devait se l'avouer. Il aimait se promener des heures dans la ville, croiser les hommes en turban ou portant la chéchia, les femmes voilées qui se mêlaient naturellement aux pieds-noirs aux allures européennes. Alger avait été une bonne cité pour un apatride comme lui. Et la Casbah, où il allait voler enfant du lait pour sa mère, était encore pour lui un endroit fabuleux. Il était ému à la pensée des trams articulés, des escaliers qu'il prenait pour quitter un quartier et se retrouver dans un autre en quelques instants. Il adorait les échappées vers la baie où la ville, si pudique, tout à coup dévoilait une partie d'elle et donnait à voir des cargos trapus, ronds, arriver dans le port, les arcades où l'on se protégeait un peu de ce soleil violent et puis Bab El Oued avec ses usines de meubles et de cigarettes, ses petites fabriques d'espadrilles. Mais la nostalgie n'allait pas aider Vassili ! Il essayait de se tenir loin des créatures qui pataugeaient dans leurs souvenirs. Il avait fréquenté un temps une jeune femme charmante qu'il avait failli épouser, mais les parents de la fille venaient de Lyon. Ils ne juraient que par leur vie en France et leur passé grandiose. Vassili n'avait pas envie d'embrasser l'histoire de qui que ce soit. La nostalgie… C'était un sentiment dangereux, contagieux. Oui, il se souvenait… Il avait eu la nostalgie de l'Espagne où il n'avait jamais mis les pieds en entendant la voix de Rina Ketty dans *Sombreros et mantilles*. Il « revoyait » « dans un boléro, sous les charmilles, des "Carmen" et des "Figaro" dont les yeux brillent », chaque fois qu'il avait dû écouter la voix désolée de la chanteuse mélancolique. Elvis Presley et *Jailhouse Rock* le guériraient de tout mal du pays. Il fallait aller de l'avant. Entonner des refrains joyeux. Aller voir des comédies musicales, épouser une ou deux Esther Williams et plonger avec ces femmes pulpeuses dans l'oubli. Oui, Vassili voulait faire l'Américain, coûte que coûte.

RETOUR À KEY WEST
31 décembre 2013

Je reprends le chemin de Key West.

Celui-là même que j'ai emprunté avec toi dans ta Buick Wildcat à la fin de décembre de l'année 1968.

Quarante-cinq années me séparent de la petite fille émerveillée que tu avais assise à la place du mort dans ta voiture turquoise au toit noir. Quarante-cinq années bien méchantes se dressent entre ces temps de bonheur et un présent rabougri qui a fini par me rendre insignifiante. Tu es à mes côtés… À l'époque, j'étais si fière d'être assise devant avec toi! Tes cendres sont posées juste là, près de moi, sur la banquette, dans un pot de sucre fermé dont j'ai fait une urne de fortune et que j'ai soigneusement mis à l'abri dans un grand sac rouge.

Tu es là.

Je refais avec toi la route de mon enfance.

Je roule dans la nuit avale-tout qui prend ses aises en ce début d'hiver. Je roule dans l'obscurité qui n'arrive pas à me vomir, qui me retient dans ses entrailles malsaines et qui se refuse en fait à m'expulser, à me pousser vers la vie. Depuis quarante-huit heures, je n'ai pas trouvé le temps de dormir.

À Montréal, une tempête rendait les déplacements difficiles. La ville était tout enneigée. Elle semblait vouloir finir l'année dans un sommeil livide. Pourtant, j'ai pris la route sans y penser. Et j'ai traversé les saisons en deux jours.

À Washington, il pleuvait très fort, mais je sentais déjà que l'hiver prenait fin. Les arbres sur le chemin faisaient preuve dans leur sève entêtée d'une vigueur presque printanière. À Fayetteville, en Caroline du Sud, un caillou a percuté mon pare-brise. Le choc a créé un son mat, lugubre. Je n'ai pas compris ce qui m'arrivait. J'ai cru qu'une porte s'ouvrait ou que l'urne s'était cassée et que tu te répandais sur les sièges. Mais quelques instants plus tard, la vitre devant moi s'est lézardée silencieusement. Depuis, de petites crevasses ne cessent de se multiplier. Elles auront bientôt envahi tout le pare-brise.

Dès Jacksonville, le soleil éclaboussait la route et jouait avec les fissures infinies de la vitre avant. Il dessinait des formes improbables que j'ai prises pour des hiéroglyphes et que je me suis mise immédiatement à déchiffrer. Je ne chercherai pas à réparer toutes ces fentes. Tu me dis que la vie va de guingois et je t'écoute rire avec moi de cette vitre qui se fendille sous mes yeux en ébauchant mes folles lignes de vie.

Au volant de ma vieille Jeep jaune, toute pourrie, j'ai décidé de te conduire à ta dernière demeure, là où tu ne trouveras pas de repos. Je te l'ai promis, je crois. Là, tu erreras pour l'éternité à travers les océans turquoise, chauds. Là, tu te disperseras à l'infini en des millions de particules. Là, tu gambaderas à travers l'éternité de la matière.

Je me suis peu arrêtée depuis le départ. Il y a eu quelques rapides siestes vaguement réparatrices dans les *rest areas* le long du chemin où les camionneurs me faisaient de l'œil, à moi, l'orpheline de cinquante-quatre ans qui trimbale les cendres de son père, à côté d'elle sur la banquette, jusqu'au bout du monde, jusque dans l'infini.

J'ai dévalé la 87. Et puis j'ai avalé la 95.

À partir de Montréal, c'est tout droit : les autoroutes descendent directement jusqu'à Key West.

Tout à l'heure, dans quelques minutes, j'entamerai la U.S. Route 1, celle qui me mènera à la terre la plus australe des États-Unis. Je toucherai du bout des doigts Cuba, à quatre-vingt-dix milles des côtes, là où tu rêvais d'aller un jour, parce que tu aimais Fidel et que tu vénérais Che Guevara. Et j'espère que tes cendres lancées dans la mer bleue, au bout du continent, iront rejoindre ces rivages étrangers où tu aurais aimé vivre ou encore mourir.

J'ai repris une photo au South of the Border, chez El Pedro, à la frontière de la Caroline du Nord et de la Caroline du Sud.

C'est après cette halte que mon pare-brise s'est fissuré.

Il y a quarante-cinq ans, nous nous étions arrêtés là avec toi et mes sœurs. T'en souviens-tu ? Y as-tu repensé durant toutes ces années qui ont constitué ton existence ? Tu nous avais acheté des sombreros kitsch à pompons multicolores et puis tu nous avais photographiées sous la statue géante d'un gros Mexicain à moustaches, à l'air placide et aux jambes arquées. Il porte encore son immense sombrero.

Il y a quarante-cinq ans, en voyant cette immense statue faite de néons lumineux, tu avais entonné une de tes chansons favorites, une chanson de

Marcel Amont : « Un Mexicain basané est allongé sur le sol, son sombrero sur le nez en guise, en guise, en guiiiiiiiiise de parasol. » Nous avions chanté avec toi, Adriana, Alexia et moi. Les filles étaient petites. Elles ne se rappelleraient peut-être pas cela, tes jumelles. Et toi ?

Et toi, tu es mort et tu ne sais plus rien. Moi, tu le proclamais, je suis celle qui se souvient.

Chez El Pedro, hier, durant l'arrêt, j'ai entendu ta voix qui me racontait quarante-cinq ans plus tôt, à moi, la plus vieille de tes filles, l'avenir que tu voulais m'offrir.

Dans les années cinquante, un commerçant juif avait eu l'idée de créer un lieu de passage entre le nord et le sud du pays. De là était née l'idée de South of the Border. Tu m'incitais à trouver une bonne combine comme cela plus tard. Tu voulais que je fasse fortune dans le commerce ou que je devienne l'avocate de la mafia. Tu désirais toujours le mieux pour moi. Le sud des États-Unis, c'était à l'époque pour les gens aussi dépaysant que le Mexique. L'enseigne du grand Pedro de Mexico City était là pour rappeler que l'on pénétrait dans un autre monde, que l'on était des Yankees en cavale : « Celui qui avait imaginé toute cette histoire, il a gagné beaucoup d'argent. Mais il avait fallu y penser.» J'entends encore tes mots… Depuis les années cinquante, les voitures n'ont pas cessé de s'arrêter chez El Pedro. Elles passent encore entre les jambes du géant. Les deux États de la Caroline n'ont rien de mexicain, si ce n'est quelques fast-foods de la chaîne californienne Taco Bell, et les pauvres d'Amérique du Sud n'ont toujours pas envahi Dillon, South Carolina. Mais Pedro reste là.

Hier, je me suis faufilée, moi aussi, une autre fois entre les jambes du grand homme poilu au beau chapeau. Je refaisais avec toi tous les gestes de notre passé. Ton urne funéraire était là, juste à côté de moi.

Tu as vu qu'on vend maintenant au South of the Border des objets *made in China* dix fois plus cher qu'au Dollarama. En 1968, j'avais à peine neuf ans et Pedro m'avait émerveillée. Avec mes sœurs, je touchais à tout. Tu riais avec nous. J'avais eu l'impression de m'introduire dans la caverne d'Ali Baba où j'avais dégoté mille et une babioles.

Nous avions mangé là au restaurant. Quelques plats mexicains. C'était la première fois que je goûtais aux tacos et aux burritos. Tu nous imitais, alors que nous trouvions le repas trop relevé. Tu faisais des grimaces. La limonade et tes mimiques étaient les seules choses qui nous avaient redonné le sourire.

Je voudrais pouvoir manger avec toi des tacos pour la première fois. Je voudrais m'émerveiller avec toi chez El Pedro.

Hier, je suis entrée dans le restaurant. J'ai pris tes cendres avec moi. Sous le bras. Elles étaient là cachées dans le grand sac rouge qui les protège. Elles étaient là encore sur la banquette à côté de moi, sur la banquette verte de skaï où la serveuse m'a invitée à m'asseoir. J'ai commandé une omelette mexicaine aux œufs frits. La serveuse m'a souri. Elle m'a même parlé en espagnol, comme si je venais, moi, du Sud. J'ai mis de la sauce piquante sur tout. Comme tu m'as appris à le faire, il y a quarante-cinq ans… C'était bon. Très bon. J'ai avalé aussi trois tasses de café noir, pour tenir jusqu'à Key West. Depuis Montréal, je n'avais pris que deux vrais repas : des hamburgers et des frites au ketchup. Comme toi, je ne suis pas difficile. Je remercie le ciel de m'avoir donné cette faim insatiable qui est la mienne et qui me permet d'engouffrer avec plaisir toute nourriture… Sans elle, je n'aurais pas la force de faire avec toi ce voyage. Mon corps est fort, je n'y peux rien.

Je suis comme toi.

Mon père… Tout me rappelle toi. Tu avais durant ce voyage, il y a quarante-cinq ans maintenant, englouti tellement de cafés américains, que tu n'aimais d'ailleurs pas, que j'avais eu peur que tu exploses. Je ne sais pas d'où me venait cette idée loufoque. Maman parlait de toi avant le divorce en te comparant au percolateur de la cuisine. Elle disait aussi qu'il ne fallait pas te fâcher parce que tu étais une Cocotte-Minute. C'est peut-être cela.

En 1968, tu devais faire vite la route de Montréal à Key West. Il fallait arriver le trente et un décembre à notre motel, le Pink Flamingo, le Blue Dolphin ou le Green Turtle pour passer le réveillon au bord de la mer que nous, tes filles, n'avions jamais vue. C'était une chance inouïe pour moi. Tu m'avais tellement de fois décrit ton « océan » à toi, à Alger la Blanche. À travers tes récits, j'avais plongé avec toi dans la Méditerranée bienfaisante, historique. J'avais chassé le poulpe et, avec des palmes, j'avais admiré les coquillages mauves et les étoiles de mer dorées au fond de l'eau. J'avais été à tes côtés sur ton vélomoteur vert menthe, ce tapecul qui produisait un bruit infernal et sur lequel tu promenais ta dulcinée du moment. Et nous nous étions baignés ensemble avec tes amis, Meursault, Albert, Tarrou, Rambert et Grand à la plage de Rachgoun un après-midi d'août, alors que tu t'étais permis de prendre une journée de congé. Tu avais alors seize ans. Tu avais commencé à travailler à quatorze ans comme commis. Tu étais fier de ton costume d'homme que tu avais acheté pour ton boulot à Électricité et gaz d'Algérie. Sur les photos, tu as les cheveux très noirs et la joie dans les yeux.

Aujourd'hui, quarante-cinq années plus tard, je n'ai pas à me presser. J'ai tout mon temps. Ma vie n'a plus ou pas encore de sens. Pourtant, je cours après le passé qui ne cesse de se multiplier devant moi, de s'effilocher en souvenirs vrais ou inventés, en possibilités menées à terme ou encore avortées.

Sa fuite effrangée me fait mal, je crois.

Je viens d'atteindre enfin Florida City. De là, je plonge la tête la première vers Key Largo. Les lumières des enseignes allumées toute la nuit me font la promesse d'un bon café et du Wi-Fi gratuit. Durant un court moment, je suis prête à me laisser séduire par les lueurs éblouissantes qui illuminent le bord de la U.S. Route 1. Les palmiers couverts de guirlandes multicolores et les pères Noël gonflables m'invitent à célébrer le dernier jour de l'année.

Je ne peux m'arrêter. Il me faut pénétrer la grande nuit de l'extrémité du continent. Je dois m'enfoncer dans les ténèbres uligineuses où les crapauds coassent grassement en m'appelant grossièrement à les suivre à travers les marécages du temps.

J'entame seule les Keys.

Je voudrais les annihiler sous mes roues qui vont vite, sous mes roues puissantes qui ont balayé la neige des pays d'en haut et qui ont fait ruisseler la pluie inlassable et grise de la Virginie. Je passe devant le panneau qui indique la route vers le *Juvenile Correctional Facility.* La prison se noie langoureusement au loin, dans les marais de la nuit. Un oiseau me suit depuis une dizaine de minutes. Assurément, son ombre noire écrit dans l'azur sombre, juste au-dessus de ma Jeep, mon avenir. Depuis Saint Augustine, je ne prends plus la peine de déchiffrer les signes que le destin semble m'envoyer. Pourquoi les temps se font-ils bavards à mon égard ? N'ont-ils pas toujours été semblables au Sphinx ? Qu'ont-ils à vouloir me parler aujourd'hui ? De toute façon, la nuit est très profonde alors que je traverse l'épaisseur aqueuse des Everglades. Toutes les prédictions, les prémonitions m'apparaîtraient caduques. Le temps s'est refermé sur lui-même. Il effectue une parenthèse. Il se retrouve, comme dirait Hamlet, hors de ses gonds. Je vais le laisser ainsi. Après tout, ce n'est pas à moi de le réparer.

La petite fille que j'ai été m'accompagne aussi. C'est elle qui tient serré contre son cœur le grand sac rouge où tu es enfermé. Je ne sais que penser de cette enfant-là. Elle me fait des signes d'impatience. Elle attend, nerveuse, l'avenir et me regarde, anxieuse. Elle voudrait le monde juste à elle. Je ne lui dis pas qu'elle ne l'aura pas.

Un charognard sur les clôtures de métal qui rythment nonchalamment la route voudrait retenir la nuit et en faire son éternité. Les lumières crues des phares ne semblent pas l'atteindre. Elles lui enjoignent pourtant de disparaître dans les ténèbres sales des étangs aux eaux croupies, malsaines, et de chercher quelque endroit où aller répandre ailleurs le malheur qu'il porte fièrement. Une voiture vide stationnée sur l'accotement pourrait m'inquiéter. Qui s'arrête dans les marais à cette heure de la nuit ? Je la dépasse vite et l'annonce toute jaune du motel Postcard Inn me rend tout à coup le paysage inquiétant de la nuit un peu plus familier.

Un papillon blanc voltige autour de ma Jeep, comme s'il voulait m'ouvrir le chemin vers le passé, mais il finit rapidement par se heurter à mon pare-brise fendu. Ce qu'il fut il y a encore à peine un instant s'écoule dans les crevasses de ma vitre où les cadavres sanguinolents des moustiques hébétés de lumière s'agglutinent nombreux. Devant moi, une voiture traînant un bateau m'empêche de contempler l'épaisseur bleu marine de ce paysage dérobé à lui-même. La nuit a avalé le monde. Elle le garde, jalouse.

J'ai baissé la vitre et la violence humide de la nuit marécageuse m'enveloppe, me gobe voracement. Je ne peux contempler pour l'instant que ces poteaux électriques et téléphoniques que je croise dans la nuit. Ils me lancent des sorts et semblent pousser des cris aigus dans le vent. Ils ont décidé de réveiller en moi toutes les blessures du passé. Étaient-ils seulement là il y a quarante-cinq ans? Toi, tu roulais dans le splendide matin d'hiver. Nous, tes filles, n'étions pas encore réveillées et tu pensais à la douceur des vacances en famille et à ta promesse que tu tenais enfin.

J'arrive au pont qui mène à Key Largo.

C'est là… Il y a quarante-cinq ans… Je me suis réveillée, là, juste là à tes côtés. C'est là, il y a quarante-cinq ans, que la mer m'est apparue, comme au premier matin du monde.

J'ai envie de pousser un cri.

Un *Drive safely* fluorescent au pied duquel est déposée une gerbe de fleurs rappelle le lieu d'un accident récent où une famille entière s'est éteinte sur le bord de la route. Cela aurait pu être notre sort à tous les quatre, il y a quarante-cinq ans. Tu conduisais si vite, mon père. Ta voiture aurait dû percuter le parapet de béton qui borde la U.S. Route 1. Nous serions tous morts sur le coup. Maman aurait dit que cela ne pouvait finir qu'ainsi avec toi. Elle nous aurait pleurées longtemps et t'aurait maudit davantage qu'elle ne l'a fait toutes ces années. Je n'en serais pas là avec toi à mes côtés, toi en cendres, toi réduit à ce tas de poussière enfermée dans un pot à sucre. Dieu à l'époque a eu pitié de nous. Pourquoi ne nous épargne-t-il pas aujourd'hui ? Pourquoi cette feinte clémence alors qu'il nous préparait la pire des saloperies : la vie qui de toute façon ne pouvait que nous séparer ?

Kyrie eleison.

Aujourd'hui, plus que jamais.

Kyrie eleison.

Le dimanche matin, avant le divorce, quand tu n'étais pas en voyage, tu mettais souvent sur le grand tourne-disque le *Requiem* de Mozart ou *La Flûte enchantée.* Je n'ai jamais su comment un homme comme toi qui n'avait reçu aucune éducation musicale et qui n'aimait que les opérettes de quatre sous, Luis Mariano et Georges Guétary, connaissait Mozart. Mais je suivais ta voix de ténor dans tes interprétations folles de Papageno ou de Papagena ou encore de la Reine de la nuit et, avec toi, je criais à pleins poumons « *Der Hölle Rache kocht in meinem Herzen* ».

À Key Largo, les lumières des annonces qui jonchent la route travaillent fort pour l'éclairer et redonner existence à une réalité humaine qui sans cesse est grugée par l'obscurité dévorante. En alternance, les panneaux éclatants félicitent Jack et Alice Welsh de leur cinquante ans de mariage, convient à aller manger chez Roxy la meilleure *key lime pie* du monde, invitent les voyageurs de la nuit à prendre une téquila *sunrise* en attendant le lever du jour et attirent les plus audacieux des automobilistes à venir admirer les seins ronds et refaits des danseuses les plus séduisantes du comté de Monroe qui se trémoussent au Willy's Gentlemen's Club.

Il pleut tout à coup sur mon pare-brise. Le ciel se met à crachoter une hargne quotidienne contenue.

Il lave sommairement la fiente des oiseaux dont je tente de me débarrasser depuis déjà trois cents milles à grands coups de lave-vitres.

À Islamorada, je fais le plein d'essence. La pluie s'abat de plus en plus dru sur la route et j'attends qu'elle épuise toutes ses forces. Je ne cherche même pas à retrouver la station d'essence où nous nous étions arrêtés il y a quarante-cinq ans. Elle n'existe sûrement plus et ma mémoire n'est pas très précise. Elle ne saurait rien retrouver. Le temps a simplement effacé les traces de ce que nous fûmes. J'ai perdu depuis longtemps la boule à neige que tu m'avais achetée et qui abritait un dauphin rose. La vie a englouti le passé, sans que j'y prenne garde. Elle s'est amusée à ne rien laisser intact et aura eu raison de nos spectres.

Je descends de la voiture, toute courbatue. Je vais aller me vider la vessie. Le type à la caisse où je m'offre un autre café écoute la pluie retentir sur le toit de tôle de la baraque. Il me sourit longtemps. En voyant ma carte de crédit d'une banque cana-dienne, il me dit : « *You've come a long way, baby.* » Oui, monsieur, je viens du fond des temps. Je sors tout droit d'une époque qui a disparu. Je suis la préhistoire et le monde à ses origines.

Je sors. La pluie a tout à coup cessé. Pendant que j'étais à l'intérieur de la station-service, tu n'as pas bougé. Tu es encore dans ton grand sac rouge… J'avale le café bien chaud à ta santé.

Au début du voyage, il y a trente-six heures, je t'emportais partout avec moi. Je viens de te laisser dans ma Jeep pour la première fois. Il pleuvait si fort. C'était mon excuse. Mais bientôt, je me séparerai de toi. C'est là, n'est-ce pas, le but de notre voyage.

Je bouffe les Keys : Craig Key, Pine Key, Little Torch Key, Big Torch Key, Ramrod Key, Summerland Key, Cujoe Key, Sugarland Key, Rockland Key et bientôt ce sera Boca Chica Key. Ce nom me fait penser à la chanson mexicaine que tu avais improvisée quand nous avions traversé Boca Chica, il y a quarante-cinq ans. « *Boca chica, la chica belle de Aye, aye, aye.* » Ce souvenir, je le sais, je viens de l'inventer.

Des dauphins ou des marsouins en plastique à la gueule béante m'ouvrent le chemin. Ils servent de boîtes à lettres grotesques aux maisons sur pilotis en retrait de la route. Mes phares font cligner des yeux les sirènes de polymère qui remplacent ici les nains de jardin.

Les premières lueurs jaunes, ardentes, du petit matin me ramènent vers nous quatre, il y a quarante-cinq ans. Mes sœurs et moi avions passé trois jours fous à danser avec les tortues et les méduses géantes, à faire éclater nos ventres d'enfant remplis de homards rouges, de calmars bleus et de pancakes blancs et violets.

Key West a changé. Je ne reconnais rien. En quarante-cinq ans, les ouragans ont transformé l'île aux os au gré de leur route affolée. En 1988, le cyclone *Georges* absorba le boulevard Roosevelt et, en 2005, la tempête *Wilma* inonda toute la ville à l'exception de Solares Hill qui surplombe toutes les rues et, bien sûr, du cimetière. Les requins captifs de l'aquarium local retrouvèrent éberlués leur liberté, après que le bassin à squales eut éclaté en morceaux. Les soldats en poste dans l'île reconstruisirent la ville neuve, gagnée en grande part sur les lagunes et les mangroves noyées. La petite cité australe en splendide et véritable Vénus anadyomène a su émerger des eaux bleues encore une fois.

Je me rappelle la carte postale que j'avais envoyée à maman de Key West. Je l'avais confiée à une femme de chambre, qui la posta après les fêtes du jour de l'An. La petite dame âgée m'avait promis qu'elle mettrait tout cela dans une boîte aux lettres de la rue Duval et elle le fit. Maman reçut la carte postale. Elle trôna quelques années sur le frigidaire de la cuisine à Repentigny. C'était une photo du chemin de fer, celui que l'homme d'affaires Flager avait fait construire et avait inauguré en 1912. Les gens semblaient très fiers d'emprunter la voie ferrée pour se rendre au bout du Nouveau Monde. Sur la photo, ils sont endimanchés et font de grands signes aux gens croisés le long des rails. Tu n'avais pas voulu, mon père, signer la carte postale que je destinais à maman. Tu avais refusé de mettre un petit mot à côté du «on s'amuse bien» que j'avais écrit près d'un gros poisson et d'une étoile de mer que mes sœurs avaient dessinés avec application. Je compris à ce moment-là que c'était bel et bien fini entre maman et toi et cela m'attrista pour toujours.

À ma gauche, la lumière vient dissiper les ténèbres. Le soleil daigne enfin se lever.

Je touche presque à mon but.

C'est à Mallory Square que, tout à l'heure, dans quelques minutes, au bout de la petite île de Key West, je disperserai tes cendres dans les eaux calmes de ce dernier matin de décembre. C'est à Mallory Square que je sortirai du sac rouge le grand pot de sucre dans lequel je te garde encore un peu pour moi. C'est à Mallory Square qu'il y a quarante-cinq ans, jour pour jour, nous avions passé une heure de la fin de l'après-midi à regarder le soleil se coucher négligemment dans la mer bienveillante qui l'accueillait. C'est à Mallory Square que je te rendrai à ce monde que tu aimais tant.

C'est à Mallory Square que finit mon voyage, celui que j'ai fait depuis ma naissance avec toi à mes côtés, celui que nous avons accompli toi et moi à travers les temps terrestres. Nous nous reverrons peut-être dans mes rêves. Nous nous croiserons peut-être même ici, au bout des États-Unis, si je reviens moi aussi, enfermée dans un pot de sucre, me faire délivrer du tic tac des heures et de la pesanteur des vivants. Nous nous frôlerons peut-être si je fais disséminer mes restes poussiéreux aux quatre coins de l'éternité. Nous reconnaîtrons-nous ?

Pour l'instant, nous en avons terminé de cette histoire de père et de fille, des contes de la chair de la chair, de devoirs, de respects et de reproches. Pour l'instant, il me faut dire adieu au passé mort.

Je retournerai aujourd'hui même à Montréal. Je reprendrai la route que nous venons de parcourir ensemble pour la seconde et dernière fois. Je conduirai sans relâche jusque chez moi, sans même fêter la nouvelle année, et je t'oublierai.

Toi, tu entreprends ton périple vers l'infini. Tu fais tes premiers pas dans l'éternité et tu te sens tout à coup aussi léger que les cendres qui composent tes restes et qui dansent dans les vagues turquoise. Je te vois t'enfuir vers les Caraïbes, là où tu amenais tes copines en «voyage de noces». Je te vois danser toutes les nuits au Tropicana avec une donzelle à la peau sombre qui n'a d'yeux que pour toi. Je te vois t'embarquer à bord d'un bateau en partance pour un tour ou deux du monde. Tu t'arrêtes à Copenhague et à Helsinki et tu fais apparaître les instants de bonheur intense que tu as vécus, quand à dix-neuf ans, avec trois ou quatre copains, vous êtes montés à moto de Marseille la chantante jusqu'à la froide et bleue Norvège. Je te vois prendre la route de Cuba et aller discuter le coup avec Fidel. Je te vois nager jusqu'aux Açores où notre avion fit un atterrissage d'urgence quand j'avais six ans et que nous allions pour la première fois en Europe ensemble. Je te vois t'installer au centre d'un village portugais où tu deviens pêcheur et où tu gères un café qui n'ouvre que le dimanche. Je te vois retourner sur la rive de Key West et t'installer pour au moins cinquante ans devant un verre de rhum au Sloppy Joe's. Là, tu parles sans t'interrompre du grand Hemingway et de ses récits vrais basés sur la réalité et pas sur des histoires à dormir debout comme ceux qu'écrit ta fille dans la froidure des temps, tout là-haut, dans le pays des neiges. Je te vois t'installer à Key Largo et devenir dompteur de crocodiles. Je te vois aussi dans l'estomac d'un grand requin noir dont tu adorais la chair et qui a avalé une partie de toi dans un juste retour des choses.

Tout à l'heure, je te précipiterai dans l'eau qui clapote devant le quai à Mallory Square et tu t'éparpilleras en mille fictions. Une mouette rieuse s'approchera de moi et viendra me regarder déballer le pot de sucre qui te contient. Elle attrapera au vol quelques morceaux de toi qui n'atteindront pas l'eau et qui s'agiteront un instant dans l'air un peu frais du matin.

Je déchirerai une photo de toi, moi et maman sur laquelle j'ai seize mois. Les jumelles ne sont pas encore nées et nous avons l'air d'un trio infernal prêt à affronter violemment la vie qui se dessine. Cette photo de nous trois, je la confierai aux eaux du Sud. Elle te suivra dans ton périple. Je te laisserai avec tes rêves. Ils ne pourront plus être les miens.

Je relèverai la tête, et un grand bateau de croisière quittera le port pour bientôt fendre les eaux et disperser davantage tes cendres. Je te verrai t'abîmer dans l'eau.

Tu seras éternel. Tu seras dans tous les récits. Tu seras lové au cœur de tous les possibles.

Tu ne seras plus rien.

Autres romans chez Héliotrope

SÉRIE « K »

Achevé d'imprimer le 21 juin 2014
sur les presses de Marquis Gagné